お嬢さん

三島由紀夫

角川文庫
16240

目次

1

会社の社内雑誌というものは、よほど材料に困るものらしい。新年号の口絵写真は、例年どおり、画面から顔の肉がはみ出しているような精力的な社長の顔であったが、全頁の丁度半ばのところにあるグラヴィア頁には、にこやかな家族のまどいの写真が載っていた。

それは初冬のあたたかい日ざしの芝生の庭に、そろっている一家族の姿だった。説明文によると、まんなかの籐椅子《とういす》にかけているのが、家長の藤沢一太郎《ふじさわいちたろう》氏（五四）である。正式には、すなわち、大海電気株式会社取締役兼業務部長、藤沢一太郎。この雑誌には、各部長の家族の写真が、毎月連載されてゆくわけであるが、新年号にまず一番に一太郎の家族が写されたのは、それだけで、会社における一太郎の地位を物語っている。

一太郎の顔立ちはいかにも福徳円満で、一寸《ちょっと》、動物園のニセモノの氷山の上で、乏しい日ざしのほうへ濡《ぬ》れた鼻先を向けている海驢《あしか》に似ていた。

主人の腰かけている籐椅子のうしろには、つつましい日本的な妻である一太郎夫人かよ《ヽヽ》り（五〇）が寄り添って、いつもながらの、やさしい、悟り切った微笑をうかべている。

その左横には、数ヶ月前の結婚以来両親と別れてアパートぐらしをしている長男正道《まさみち》（二七）が、美しい若い妻の秋子《あきこ》（二三）を伴って、この写真をとられるために、馳《は》せ参じたという緊張をあらわして、控えている。正道はメガネをかけた長身の、申し分のない模範的な青年で、まじめで、冗談の通じない表情を、まともにカメラに向けている。

かよりの右横に立っているのが、長女であり、一人娘であるかすみ《ヽヽ》（二〇）。

かすみは大学生で、母親がきびしいので、ちっともお化粧をしていないが、のびのびとした体の輪郭は、学生らしい徳利《とっくり》のスウェーターからそれとうかがわれる。しかも体の線がすっきりしていて、まだへんに女くさいところがない。と云って、固くてギスギスしているのでもない。それはいわば、微風が撫《な》でて行って描いたような線である。

かすみも、この一族らしい、幸福そうな微笑をうかべている。しかしつらつら見ると、彼女の微笑には、かすかなわざとらしさがある。それは俳優がよく浮べる乾いた微笑に似て、感情の裏附が何もないのである。

「はい。ありがとうございました」

……………………。

と社内雑誌のカメラマンを引受けている総務課の尾崎《おざき》が頭を下げた。

「これで放免だね。やれやれ」

一太郎は「やれやれ」と言うときも、疲れた様子もなく、イヤな顔も見せなかった。

「いや、部長。まだインタビューがありますよ。ここでお逃げになっちゃ困ります」

と秘書課の沢井《さわい》が大げさに呼びかけた。

沢井は殊に一太郎のお気に入りで、ごく常識的な、明るい、さっぱりした丸顔の青年だった。あんまり明るいところだらけで、顔立ちにも性格にも、影というものが足りなさすぎるような。

「わかってるよ。まあ一服させてくれ。庭が気分がいいから、ここへお茶を持って来なさい」

谺《こだま》が響くように、

「はい」

とかよりはにこやかに答えて家の中へ走った。

「新年号の写真を十一月にとられるのか。予算を早くぶんどられるような感じだな」

と一太郎が椅子に体を埋めたまま言っていた。

美しい小春日和の日曜の午前であった。部長の家は成城学園《せいじょうがくえん》の一劃《いっかく》の、百五十坪ほどの芝生の庭を控えた、古びた和洋折衷の家である。低い門や玄関のポーチからして、家長の性格そのままに、少しもこけおどかしのところがない。訪問客はごく肩の凝らない気持で玄関のベルを押して、南むきの暖かい応接間へ案内される。レエスの肱《ひじ》あてを掛けた応接セットの安楽椅子も、地味で、少しばかり野暮で、マンテルピースの上に飾られた置時計までが、いかにも穏当な恰好《かっこう》をしている。

一太郎はゴルフをやらない代りに庭いじりが好きだった。黄ばんだ初冬の芝生の外れには、菊の花壇があざやかで、一太郎はこれを成城御苑《ぎょえん》の菊と呼んでいたが、今日の写真には光線の加減で、この菊を入れる位置をとれなかったのを残念がった。別の花壇にはもう手廻《まわ》しよく、秋播《あきま》きの矢車草や石竹の種子《たね》が播かれていた。

庭に籐のテーブルが運ばれて、女中がお茶を持ってきた。庭のむこうの赤い屋根の隣家から、調子っ外れのピアノの音がきこえた。

「のどかですなあ」

と世馴《よな》れた渋い口調で尾崎が言った。

「このごろ牧《まき》君は伺いますか」

「日曜というと顔を出す点じゃ、この沢井君とおんなじだが、彼も全く今時めずらしい不器用な青年とみえて、日曜というと、家《うち》へ来るほかに暇の潰《つぶ》しようがないらしいね」

「チョンガーは可哀そうなもんですよ。僕らだって映画のサラリーマン物みたいなロマンスにはちっとも縁がないし、金はないし、休日っていうと却《かえ》って始末に困るくらいですから」

「若いからだよ。元気が余っているんだ。羨《うらや》ましい話さね」

ここの家へ来る青年社員は、妙に女にもてないふりをしたがる。それを、やや離れた縁側に腰かけながら、かすみはちゃんと見抜いていた。

かすみと並んで、秋子と正道が縁側に掛けていた。彼らは一目で幸福に見え、あんまり幸福すぎる人間の弛《ゆる》んだ表情を隠していなかった。そういう兄の変化を、かすみは少しばかり軽蔑《けいべつ》していた。

さっきちらと見ておいたのだが、縁の外れにかけた秋子の美しい手の指が、もう少しのところで正道の指と触れそうになっている。秋子の指は、白くて、ねっとりしていて、乾いた植物的な感じがあって、形がまことに美しい。薬指に白金の結婚指環《ゆびわ》をはめたその左手の、ややひらいた小指が、わずかな距離を置いて、正道の無骨な浅黒い小指に接していて、しかもそれ以上決して近寄らない。それはまるで何気ない指の置かれ方だが、本当に何気ないなら、体を動かすたびに、もっと指がぶつかり合いそうなものである。

その指の位置にお互いに気がついていることは明白で、人前を意識して、それ以上指を近づけずに、しかもしらん顔をしながら、その微妙な位置をたのしんでいるのに違いない。

秀才ではあるが、あれほど単純な正道が、こんなデリケートなたのしみ方をするということは、かすみにはちょっと想像ができない。できないけれども、事実はそうなのだから、かすみはどうしても、そこに或《あ》るいやらしさを感じてしまうのである。

『こんな私の感じ方ってへんなのかしら』

とかすみも反省してみるが、同時に、こんなことがすぐ目についてしまう自分自身が、どうにもいやらしくてたまらなくなる。

そこでかすみは、このごろ兄夫婦と、通り一ぺんの会話以上のものを交わさない習慣がついてしまっていた。

しかし兄夫婦は結構退屈しない話題に没頭していて、かすみの思惑なんかは考えない。

「あなたイクラお好き」

「きらいじゃないね」

「あれ、ふつう大根おろしとまぜて喰《た》べるでしょう。それが、この間お友達にきいたんだけれど、玉葱《たまねぎ》のみじん切りとまぜると、とてもおいしいんですって。今度ビールをお呑《の》みになるときに作ってあげるわ」

「ああ。たのむよ」

それから秋子は必要もないのに、かすみにも声をかけるのである。

「かすみちゃんもイクラお好き」

「ええ」

かすみは瞬間に実に可愛らしい笑顔になった。

「あら、お兄様とおんなじ好みね。今度その新案のお料理をごちそうするわね。もっともお酒の肴《さかな》だから、あなたにはどうだか」

かすみは実に感じよく微笑しながら、こういう問いかけを、一種の照れかくし以外の何ものでもない、完全に余計な会話だと思っている。

——庭では、写真と一緒に掲載されるインタビューがはじまっていた。

「部長はどの程度家庭サーヴィスを実行されていますか」

「まア、心掛けてはいるが、君、こう忙しくっちゃねえ。女房や娘をたまには一泊旅行に連れて行ってやりたいとも思うが、今のところは休日に一緒に飯を喰《く》いに出たり、映画を見に行ったりするのが関の山ですねえ」

そんな問答がのどかにきこえてくる。明るい空、庭の菊のかがやき、……すべてはうっとりとなごやかで、このまま眠ってしまいそうだ。

『うちのパパには明らかに二号さんもいない』

とかすみは考えた。と、学校の親友の知恵子《ちえこ》の、切羽詰ったような告白の語調が思い出された。

知恵子の父は久しく二号を持っていたことがバレて、母のゲキリンに触れ、家を出て、二号の家に住むようになってしまった。それでも父は知恵子をひどく可愛がっていて、ときどき銀座でランデブーをするのだそうだ。知恵子にはこんな父親の愛情がとても新鮮で、銀座で二人きりで食事をしたり映画を見たりするのをたのしみにしており、母もこれを黙認している。しかし辛《つら》いのは別れぎわだ。父が車で知恵子の家まで送って来てくれて、門の前で車が止ると、車から手をさしのべて握手をして、

「さようなら」

と言う。そうすると知恵子は自然に涙が出てしまうのだそうだ。

知恵子はこんな話を全く素直に、何のてらいもなく打明けたのだが、知恵子が期待していたのはもちろん同情だったろう。ところがかすみはあんまり同情もせず、むしろ羨ましさを感じていた。

……「この間のアメリカ旅行で、アメリカ人の家庭生活なんかについて、どうお

考えになりましたか」

とインタビューの質問が耳にとびこんできた。沢井の明るい、麦藁《むぎわら》帽子のような色あいの声である。それに父がどんな返事をするか興味があったので、かすみは耳をすました。

「そうだねえ。われわれはまだまだ家庭サーヴィスが足りんということだね」

そこまできいてかすみは好加減《いいかげん》うんざりしたが、父親はまだ悠々と喋《しゃべ》りつづけていた。

「家庭に本当のたのしさがあれば、非行少年の問題なんかも起きっこないんだよ。年頃の子供にはやたらにうるさく言わずに、家へ異性の友達を連れて来させて無邪気に遊ばせるとか、一例がだ、月に一二へんは親も目をつぶって、ダンス・パーティーをやらせるとか……」

「理想的なパパですね」

「いや、これは君、希望ですよ。なかなかおいそれと理想的なパパなんかになれるもんじゃない。なア、かすみ」

父はふりむいてかすみの顔を見た。

こういうとき、父は何となく心細くなって、かすみの同意を求めているに決っているのだ。それをよく心得ているかすみは、余計な冗談も言わずに、ただにっこりと可愛らしく微笑《ほほえ》んでみせた。

2

正月の末から早くも試験があるので、かすみはむりやり、知恵子の試験勉強を附合わされた。

「あんなところで試験勉強するなんて気がしれないわ。第一、ああいうところに屯《たむろ》している子から、私たちを見たらもうおばあさんよ。あんな子供たちに、フフンって言う目で見られるの癪《しゃく》じゃない?」

とかすみは反対するのだが、

「人が何と思おうがいいじゃないの。とにかく私、家じゃ勉強できないんだし、勉強にはどうしても生《なま》の音楽が必要なんだもの」

と言われると、知恵子の家庭の事情をよく知っているかすみは反対できない。

「そんなら、パサデナへ行こうよ」

「そう。パサデナへ行くほうが賢明だわね。あそこならだんだんさびれて来て、絶対、ゆっくり坐《すわ》れるから。だけどバンドがきっとよくないな」

「贅沢《ぜいたく》言うもんじゃないわ。勉強に行くんですよ。勉強に」

知恵子はとにかく、少しでも永く外にいたいらしいのである。ジャズ喫茶で諳記《あんき》物《もの》をやるというへんな習慣も、そうしてついたものらしい。

午後の講義が休講だったので、かすみも数時間を町ですごすことに異存はなかった。冬の午後の銀座には、何となく中途半端な時間が流れていた。派手な装いの銀座人種がうろつきだす時刻にはまだ早く、町が一等醜く見える時刻である。冬の色がコンクリートの壁面や、まだ灯《ひと》もさないネオンの骨組などににじみ出ている。

「こういうキュッと刺すような寒さって好きよ」

とかすみが言った。

「いやだ。私、あったかい方がいい」

と知恵子はボソボソ不平らしい声で言った。流感がはやっているせいか、街にはマスクをした人たちが目立った。

「マスクって大きらい。若いのにマスクなんかしている人を見ると、刑罰に、いきなりマスクを引張りあげておいて、口いっぱいに林檎《りんご》をはめこんで、又マスクをかけて歩かせてやりたくなるわ。きっと苦しいわよ、そうされたら」

「だってまだ鼻で息ができるわよ」

こういう下らないことを喋っているうちに、二人はパサデナの前まで来ていた。

「大したバンドじゃないわ。ホワイト・クルーザーね。歌い手がちょっとイカすけど」

知恵子は入口の貼紙を見てそう言いながら、店へ入るともなく入口にうろうろしている十代の若者たちを、威勢よくかきわけて店内へ入った。知恵子もかすみも十代のへんな恰好《かっこう》をした連中はきらいだった。かれらは、彼女たちが水を切って進んでいると思うボオトの舟底で、しじゅうさわぎ立てている三角波だった。又それは、彼女たちがやっとのことできちんと整理したと信じている清潔な家の中へ、いつのまにかこもってしまう野卑な厨房《ちゅうぼう》の匂いだった。かれらの立てるなまぐさいいやな匂い。こういう場所に集まる女の子たちのお化け化粧。

ちらちらと軽蔑《けいべつ》する視線をお互いに交わして、かれらをかきわけて入った知恵子は、折から演奏中のジャズに負けないように、

「あそこに決めた。あの隅がいい」

と大声でかすみの同意を求めた。

——二人は席について、コーヒーをとると、向い合せに坐ったまま、一言も喋らなくなった。知恵子はスキー用の白地に美しい花もようのあるスウェーターの胸を前かがみに引きしめ、体をできるだけ押しちぢめるようなポーズをとって、まるでロダンの「考える人」のように頬杖《ほおづえ》をすると、目はしっかりと卓上にひらかれた「政治学入門」に釘付《くぎづ》けになった。これが彼女の精神集中の一種の準備運動だった。次の瞬間には、知恵子はかすみの前からいない人になってしまった。目は機械的に

本の行から行を追い、耳は完全に騒々しいジャズの演奏に占められているのである。かすみもお義理でお附合に本をひらいているが、ジャズの音はせまい店内の壁から壁へ反響して、音がぐらぐらと煮立っていて、活字を目で辿《たど》ることも覚束《おぼつか》ない。五六分間、友のまねをしてなんとか精神を集中しようと思ったが、あきらめてしまった。

かすみは本を鞄《かばん》にしまって、代りに今朝方届いた社内雑誌の新年号をとり出した。この雑誌は全く気まぐれで、あんなに大さわぎをして、十一月に写真をとりながら、発行は結局お正月になってしまったのである。それというのも、ちゃんとした編集部がなくて、若い社員が片手間に作っているので、多忙な年末には、出しようがなかったのであろう。

ジャズ喫茶の喧騒《けんそう》の中で、かすみはグラヴィア頁をひらいて、一家の写真を眺めながら、こんな場所で見ると、この写真の滑稽《こっけい》さはひとしおだと思った。

それはいかにも満足しきっている海驢《あしか》一家の肖像で、和やかそうで、幸福そうで、申し分がない。これが世間体《せけんてい》をつくろうための擬態であったら、まだしも写真に深みが出るだろうに、これでは薄っぺらそのもの、郊外の日曜日のブルジョア的幸福の漫画そのものでしかない。かすみはその一員であることが何としても不服で、……何だか人生に嘘をつきつづけているような気がするのである。

写真から目を離すと、すぐ近くの席で、さっきから進行している小さな事件が目に映った。

一人でお茶を喫《の》んでいる若い女がおり、その隣りの席にこれまた一人でジンフィッズを呑《の》みながら、音楽に合わせて、体をゆすっている中年の外人がいる。その身ぶり手ぶりが面白いのを彼自身も知っていて、隣席の女客へ、しきりに片目をつぶってみせて、笑わせようとしている。はては、ボオイを呼んで、紙片にメモを書いて、女に届けたりしている。最後に結局、女は外人の席に並んで腰かける羽目になるのだが、それまでの経過が見ものだった。こんな店へ来る客にしては野暮な形の外套《がいとう》を着たその女が、はじめはせい一杯つんけんしていたのが、しきりに英語で話しかける外人に身を乗り出して応対しはじめ、ボオイの持って来たメモを見て又つんとして、又英語で話しかけられると体を乗り出し、丁度尺取虫が枝から枝へ渡るような具合に、いつのまにかこっちの椅子からあっちの椅子へ移ってしまったのである。

「ごらんなさいよ、面白いから」

とうとうかすみは、テーブルを隔てて、知恵子の肱《ひじ》をつついてしまった。

「何？」

と知恵子は、銅像が動き出したような様子で目をあげた。

「何？　邪魔しないでよ」

「だって、あれを見てごらん。こたえられないわよ」

とかすみが説明した。知恵子はあっさりと試験勉強を放棄した。

「あなたもあれ式に私の隣りへ来ない？」

と知恵子が言ったので、かすみは知恵子と肩を並べて坐った。休み時間のお喋《しゃべ》りがはじまった。

知恵子と話すたびに、かすみは彼女が恋愛や結婚についてロマンチックな夢を抱いているのにおどろいてしまう。知恵子には一年前から附合っている青年がいるが、まだ一度も接吻《せっぷん》したことがないのだそうである。

「その人一寸《ちょっと》変なんじゃない」

と、いつかかすみがからかい半分にきいたら、知恵子は水道管が破裂したように泣きだしてしまったので、以後かすみも、下手にからかうのを手控えている。

そこで二人の議論はその後抽象的なものになりがちだったが、まだ失恋の経験どころか恋愛の経験もないかすみの、美しい顔立ちに似合わない悲観的な意見に、いつもおどろかされるのは知恵子のほうであった。かすみは、知恵子から見ると、人生にドラマチックなものを望みすぎていた。結婚については？……かすみは全然真黒けな考えを持っていた。しかし、

「それであなた、独身主義をとおして、女学者になって、一生研究室の埃《ほこり》に埋もれるつもり？」

ときくと、かすみは厳然と否定するのである。

「あら、私、これと思う人が出て来たら、明日でも結婚するわ」

「大学はどうするの？」

「大学は今日にでもやめりゃいいじゃないの。どっちみち私、学校の勉強にも、結婚にも、大して重要性をみとめないの」

それでいて、かすみは、なかなかよく出来る学生なのである。

「あなたって矛盾してるわね。人生にはドラマチックな夢を抱いていて、結婚には実際的な考えを持っているのね。やっぱり売れ残りになるのが怖いそこらの女の子とおんなじなのね」

「私、ちっとも矛盾していると思わないわ。甘いロマンチックな夢にすがりついているのは、あなたのほうじゃないの。私は何の夢も抱かず、うっとりした結婚生活の幸福なんて、盲らにしかないと思うし、学校にしがみついていたいなんてセンチメンタルな気持はないわ。踏み切る時だと思ったら、踏み切るだけよ」

「恋愛も要らないの？」

「要らないわよ。そんなもの」

とかすみはニベもなく言った。

こういうときのかすみの表情には、一種の神秘的な美しさが現われる。

や丶面長な、典雅な冷たさのある整った顔は、いうまでもなく母の血を引いたものだが、母のひたすらなつつましさを強い線でなぞって別の趣きに変えたような顔。仏像の唇のような整いすぎた冷たい唇がこういうときぎゅっと引締められる。するとそこには思いもかけない破調があらわれ、怒りの美しさというようなものが炎のようにあらわれるのである。彼女には近代的すぎるファニー・フェイスのお化粧は似合わなかった。

知恵子はこんな時のかすみの表情がひどく好きだった。それを見ると、知恵子にばっかり告白させて自分の身辺のことは何も言わないかすみの身勝手も、ゆるしてしまう。

「さア、もうそろそろ帰らなくちゃ。うちのお母様は食事の時間がとてもやかましいの。お父様が家出してから特にそうなんだわ。『これでもう、時間を守らない人は家に一人もいなくなったんだから、私は楽だわ』なんて、気味のわるい陰気な笑い方をして言うのよ。だから御飯も不味《まず》くって。俊雄《としお》さんと附合うのだって、絶対に御飯の時間を除《よ》けているの。一寸散歩するか、あわてて一緒に映画を見るくらい。私、一度だってあの人と外で御飯を喰《た》べたことないわ」

「それでお母様は黙認なの？」

「へんね、うちの母。……御飯の時間と家へかえる時間以外のことは大てい黙認なのね。人間を軽蔑《けいべつ》してるんでしょう、きっと」

…………………………。

銀座へ出たあとでは、二人はいつも東京駅を通ってかえった。新宿行の地下鉄はまだ完成していなかったので、かすみも結局、東京駅へ出て中央線で新宿へ出てかえるのが近い。一方、知恵子の家は市ヶ谷《いちがや》駅の近くだった。

冬の早い夕ぐれが街を包み、ビル街の灯《ひ》やネオンのあかりに夕空がきらめき出すとき、丸ノ内界隈《かいわい》のラッシュ・アワーの人ごみにもまれて、電車に押しこまれるのは、あんまりいい気がしない。有楽町から京浜《けいひん》線に乗って東京駅で乗り換えようというとき、知恵子は急に心細そうな表情を見せた。

そこにしゃがみ込んでしまいそうな顔つきなので、

「どうしたの。胃ケイレンでも起したの？」

と友の感傷性に少し迷惑することのあるかすみは、ぞんざいに訊《き》いた。

「ううん」

と知恵子は唇を嚙《か》みしめた。

「家へかえるの、淋《さび》しくっていやだなあ」

「何言ってるのよ。大学生のくせに」

こうなるとかすみは、白っぽい厚地のスーツ仕立の胸を張って、しゃんとしてしまうのである。

しかしかすみも、又ぞろ外へ出て、お茶を喫んでかえるほどの時間の余裕がない。一寸考えたかすみは、お化粧をしない眉《まゆ》を何の感情もなくしかめてみせて、粋な姐《あね》御《ご》のような表情になって、

「そんなら他《ほか》のホームを一トまわりぶらぶらして来ましょうよ。旅の気分が味わえるわ」

「そうしよう」

と知恵子は急にいきいきした声を出した。

ラッシュ・アワーの人ごみにもまれて行くと、横須賀《よこすか》線のホームへの昇り口へ自然に二人の足は誘われた。

「あんまり遠くへ出奔するのはやめましょう」

「そうね。せいぜい伊豆《いず》あたりだな」

「みんな愕《おどろ》くだろうな、ふふ」

知恵子がもうすっかり家出をするつもりになって浮き浮きしているようなので、かすみは気味が悪くなった。

それでもこのまますべてから脱け出して、旅へ出てしまうという空想は快かった。試験も、一家そろっての夕食も、大人しいお嬢さんの評判も、何もかも、この冬の

日ぐれの東京のネオンのあかりと共に飛び去ってしまう。

人の目の届かない場所で、まるで天井の鼠みたいに息をひそめて、人々の大さわぎや警察の手配を想像するたのしみはどんなだろう。

「不幸な友だちに同情して心中」

などという新聞記事が、ちらとかすみの頭をよぎった。そんな感傷的な事件は頭から軽蔑していたけれども、その世間を天井裏から眺めるようなたのしい気持は、一寸わかるような気がした。

旅へ出る！　そのむこうには冬の海があり、試験なんか海へ重い鞄《かばん》のように沈めてしまえる。いやな、密輸の品物を、海へ沈めてしまうように。

――そこのホームもかなりの混雑で、横須賀線を待つ行列が、湘南《しようなん》電車を待つ行列を圧していた。二人が目的もなしに、うろうろして、

「ねえ、牛乳を買って呑《の》まない？」

などと知恵子がはしゃいでいるうちに、折から湘南電車が辷《すべ》り込んで来た。

「掃除がすみますまで、御乗車なさらないで下さい」

と拡声器が鼻のつまった声でわめいている。

かすみと知恵子は、帰りをいそぐ多忙な人たちの間で、丁度目の前に止った明るい空《す》いた二等車から、幾組かのアベックやゴルファーが下りて来るのを、羨《うらや》ましそ

うに見ていたが、窓の中で、のろのろと鞄を下ろして、着物を着た女と何か諍《いさか》いながら下りて来る男に目をとめたかすみは、おどろいて身を隠そうとした。

するとそれより早く、知恵子がかすみの背に身を隠そうとしていて、二人は押し合いをしながら、乗車を待っている行列の蔭《かげ》にようやくかくれた。

男はたしかに秘書課の沢井であった。例の写真のインタビューをした青年である。たしかに沢井だが、かすみはこんな沢井を見たことがない。いつも朗らかな浅黒い丸顔が、横から斜めに切れる光線の下で見たせいか、鋭く尖《とが》って朗らかさの片鱗《へんりん》もなかった。目がひどく暗く、眉が迫ってみえた。焦茶の冬外套《がいとう》のひろい襟を、人目を憚《はばか》るように立てているのもそんな感じを強めている。たしかにその人だが、その咄嗟《とっさ》の印象は、まるで沢井とちがっている。かすみは、こんな二重の映像を、自分の中で急に合せてみる暇がなかった。

相手の女は東《あずま》コートを着て、一目で、芸者か芸者上りとわかるお化粧をした美しい女だった。濃い口紅が光線の加減でむしろ真黒に見える。黒い妖《あや》しい唇の封印を、顔にぺったりつけたように見える。だが、怒っているらしく、目がきらきらして、眉が逆立って、顔じゅうに感情がいっぱい詰っているという感じだ。

「今の焦茶の外套の人見た？」

と知恵子がはしゃいだ口調で言った。

「ええ」

とかすみは茫然《ぼうぜん》と答えたが、おかげで、自分が沢井を知っていることは黙っていられそうだ、と咄嗟に計算した。

「あれ、私の又従兄《またいとこ》なんだけど、もう二三年も会わないわ」

「何て人？」

これはへんな質問だったが、はしゃいでいる知恵子は気づかず、

「沢井っていうの。沢井の景《けい》ちゃんっていうんだけど、ヨーシ、尻尾《しっぽ》をつかまえてやったから、今度電話をかけて、うんとゆすってやるわ。今は可哀想だから、見のがしてやるけど。……それでもこんなラッシュ・アワーに大胆不敵ね。却《かえ》って人ごみのほうが安全だと思ったのかしら？」

そう言いながら、人ごみを分けて尾行の歩調になっている知恵子は、

「あら、思い出したわ。あの人、あなたのお父さまと同じ会社なんじゃない？」

「そうよ」

とかすみは冷静さを取り戻して、全く恬淡《てんたん》に言った。そして女の友達らしいこまかい心理的技術を働らかせて、知恵子の知識や関心の程度をはかる計算機を、頭の中でフルに動かしていた。足はしかし、知恵子に連れて早くなっていた。

「図々しいわね、平日に会社を休んで、女づれで旅行に行くなんて」

階段を下りかけると、下方に、女と寄り添ってゆく沢井のひろい外套の肩が見えたが、かれらが階段を下りきって横へ曲って歩いてゆくときに、もう一度横顔がはっきり遠目に見えた。あんなに怒っていた女は、ショールに半ば顔を埋めて、明らかに、歩きながら泣いていた。沢井の横顔は当惑していて、ひどく暗かった。

「へえ、へえ、すごいわねえ」

ともう追跡をあきらめた知恵子は、あいかわらずはしゃぎながら、こんな発見で今日の一日にすっかり満足したらしく、大人しく中央線の電車のホームへ向って歩きだした。

しかし知恵子の熱くなった頬が、ホームへ再び上って、きびしい夜風に冷まされると、やっと後先《あとさき》の判断がついて来たらしかった。

「あのね、いくら遠い親戚《しんせき》でも、可哀想だから、今日のこと、あなたのお父様には内緒にしてやってね。会社って、そういうこと、とても難かしいんでしょう」

言いながら、ますます心配になって、

「ねえ、大丈夫？　約束してくれるわね」

「大丈夫よ。お知恵のたのみじゃないの。絶対黙っているわ。でもあなたも軽率だから、あのお従兄《にい》さんをゆするときに、私と一緒に発見したなんて言ったらダメよ。そうしたら、おごってくれるどころか、向うがノイローゼになっちゃうわ」

「大丈夫よ。私、そんなに莫迦《ばか》じゃないわ。あなたと親友だっていうことだって、言う必要のないことだもの。いずれにしろ、男の世界は女の世界より複雑だわね」

知恵子は花もようのスウェーターの胸まで届きそうに、舌をペロリと出した。

——いつも市ヶ谷で知恵子が下りてしまうと、新宿までかすみは、本を読んですごすことにしている。

しかし今日に限って一人になると、何だか不安で、本をとり出す気にもならなかった。吊革《つりかわ》につかまって、四ッ谷《よつや》駅へ近づく夜景を眺める。濠《ほり》を埋め立てたひろい運動場が黒くひろがっていて、乏しい二三の街灯が、そこに丸い孤独な灯影を落している。

今まで沢井のことなんか、まるで念頭になかったのに、いつのまにか、沢井のことを考えている。紙の上にこぼしたインクのように、想像がみるみる収拾のつかないほどひろがってゆくのである。

『家へちょいちょい来る会社の青年たちは、沢井さんも、牧さんも、尾崎さんも、お父様としちゃ、私の結婚の相手になれそうな人物とみとめていらっしゃるらしいし、みんなも私が目当てのことはわかっているわ。

……でもお父様は、いざ好きだの愛するのという問題が起きたら、すぐ例の調子で、娘の幸福のために、徹底的調査をおはじめになるにちがいない。結婚となったら、幸福のことしか考えないお父様だし、お父様の幸福の観念というものは、全然ドラマチックじゃないんだから。

……沢井さんがもし調べられたらどうなるだろう。文句なく落第だわ。もしそうしたら……』

――かすみは全然公平な心境で、沢井を護《まも》ってやりたい気持が起きた。さっきの印象では彼は不幸な眼差《まなざし》をしていたし、不幸な人間なら等しなみに好きだった。

『もちろん愛なんかじゃないわ』

とかすみは窓硝子《まどガラス》におぼろに映る自分の顔が、ほんの少し、大人びた微笑をうかべているのに満足した。

『だって私、全然嫉妬《しっと》らしいものも感じないんだもの』

3

それからは何事もなくすぎ、かすみが試験中だというのを知っているのか、沢井も牧も尾崎も現金なもので、一向藤沢家へ顔を見せなかった。

一方、藤沢一太郎は、何となく愉《たの》しいプランを心に抱いているようだった。それは試験勉強中のかすみの部屋へ、買ってかえった菓子などの土産を持って、一寸《ちょっと》の間見舞に来る一太郎の顔からもよく見てとれた。

「あんまり詰めて勉強しちゃいかんよ。体をこわしては何にもならん」

「まるで勉強しちゃいけないって言ってらっしゃるみたいね」

かすみは父親をいたわるように見ながら、言葉だけは冷たく突き放すように言う。勉強のとき、彼女はまっ白な徳利《とつくり》のスウェーターを着ている。部屋を温かくしていると、その徳利の高い衿《えり》のおかげで、首のまわりがかすかに汗ばむのである。

かすみはこの汗ばむ首筋の感じがきらいだった。寒がりのくせに、寒がりだからこそ徳利のスウェーターを着ているくせに、自分の首が熟れすぎた果物みたいに感じられて来るのがいやなのである。そこで彼女はすぐストーヴを止め、しばらくして寒くなると又つけして、神経質にしょっちゅうストーヴの栓をいじくった。

「寒くないのか。どうしてストーヴをつけないんだ」

と父が又しても訊《き》く。

「ふふ」

とかすみは一寸神秘的に笑った。説明して説明できないこともないが、頸《くび》のまわりの、蒸れた肌の腕を巻きつけられているような感じには、イヤな快さみたいなものがあって、それが率直な説明を妨げた。

父はかすみが何もほしがらない娘であることを知っていた。友人の娘の話などをきくと、この世のなかは欲しいものだらけで、自動車がほしい、スキーがほしい、流行の洋服がほしい、靴がほしい、等々、瞬時も父親の心を休ませないのだそうである。それも極端な例だが、かすみも極端だ。あんまり何も欲しがらないので、父親はますます買ってやりたくなるが、かすみはますます欲しがらない。外国から来た音楽家や舞踊家の公演なども、ついぞ自分から進んで行きたがったことがない。

それで偏窟《へんくつ》に自分の中へ引きこもって暮しているかというとそうでもなく、いつも朗らかで、友だちの家へよばれればダンスもする。そのへんの具合が、父親にはどうしてもわからない。嫁入り前の娘としてあんまりお誂《あつら》え向きにできすぎているのが心配なのである。

心配がすぎて、つい一太郎は娘に干渉する羽目になる。わざわざそばへ行って、勉強中の教科書に首をつっこんで、

「こんなもの丸諳記《まるあんき》をしたって無駄だがねえ」

などと言う。

「だめよ、お父様、もう今夜一晩で丸ごと呑《の》み込んじゃう他はないんですもの」

とかすみは仕方なさそうに笑って答えた。

「まあ何をしていらっしゃるんですか。勉強の邪魔をなすっちゃいけませんよ」

と母が紅茶を持って入って来て、ようやく厄介な父親を引き立てて行った。

一人残されたかすみは、それから数十分は勉強に身が入らない。蜜柑《みかん》の一房一房を念入りに筋をとって喰《た》べながら、こんなことを考えている。

『お父様の家庭サーヴィスって、いつも何だか不安にかられてしていらっしゃるみたい。何が不安なんでしょう。こんなに申し分のない家族で、こんなに申し分のない娘なのに』

一人でフフンと笑った拍子に、飛び散った蜜柑の汁が目に入り、しばらく目をつぶってじっとしていると、その目から涙が出て来て、頬に伝わるのが感じられた。

『又ここへお父様が入っていらしたら、どんなにおどろくだろう。私が何か一人胸に悩みを抱いて、泣いているんだってきっと誤解なさるわ』

胸には何の悩みもないのに、かすみはそう誤解されてもかまわない気がした。第一、自分が父親に「不安」を与えているという意識がとても素敵だった。何一つ悪いことをせず、何一つ道を踏み外した行いもしないのに、自分に人を不安にさせる能力があるというこの人知れぬ自信!

そうだ。何の悩みもかすみにはなかった。勉強を妨げるような悲しみもなく、それと言って喜びもなかった。壁のカレンダーを見上げると、二月の暦の上に、青空を背にした樹氷のカラー写真がついている。樹氷は、本来の樹の均整のとれた形をまるで失っていて、悲しく、烈しく歪《ゆが》められていて、何か一瞬の思いつめた感情が、そのまま凍結して形にあらわれたようだ。

かすみはふと、東京駅頭で見た芸者風の女の怒ったはりつめた顔と、沢井の暗い表情を思い出した。その後、知恵子はその問題に触れず、かすみも進んで訊かなかったので、あれがどんな種類の情事であったかはわからない。しかしかすみの脳裡《のうり》には、こうして試験勉強をしている間にも、ちらとあの二人の表情が浮んで来る。あの表情は、丁度、人間の心の樹氷のようだ。……

4

——試験のあとで一太郎の抱いていたプランがはっきりした。彼はこの家で破天荒なことだが、かすみのためにダンス・パーティーをひらこうとしていたのである。

こういう計画に憂身をやつす一太郎を、かすみは少し困った面持で眺めていた。本当なら、こんな事柄は、娘がねだりにねだって、父親がさんざん反対したあとで、最後に不承不承承知するというのが、一等自然な形である。ところがこの家では、すべてがそういう風に運ばない。かすみは積極的に喜びもせず、母のかよりは、結局父に服従するだけである。ただ父が、

「かすみも学校の友だちを呼んで来るんだな。男の客は、沢井や牧や尾崎がよろこ

んで来るだろう」

と言ったとき、かすみは急にたのしい空想の擒《とりこ》になった。彼女が秘密を握っている相手、彼女が不安を与えることのできる相手が踊りに来るのだ！

「ダンス・パーティーには、俺もなるたけ出るつもりだが、お目付役はお母さんにたのんだよ。アメリカだって、そういうパーティーでは、きっとお母さんが目を光らせているもんだ」

と一太郎が註釈《ちゅうしゃく》をつけた。

——そしてその日が来て、土曜の夜のことなので、早くから兄の正道夫婦や知恵子が手つだいに来た。

よく晴れているが北西の風の強い日だった。庭にはまだ花をつけない椿の葉が、風にもまれて、そのつややかな反射でおびただしい光りを撒《ま》き散らし、枯芝もほんのりと青ばんできていた。

かすみは母や秋子や知恵子と一緒に、台所で一生けんめいカナッペやお菓子を作り、正道は会場の応接間で電蓄の調子を試していた。

花もようのエプロンをかけたまま、一段落のついたかすみと知恵子は、かすみの部屋へ入り込んで内緒話をした。知恵子はまるでここが自分の家みたいにうきうきして、知恵子のほうがずっとこの家の娘らしくみえた。彼女はとにかく家庭的なたのしさに飢えていたのである。

「あなたと私、お家《うち》を取りかえっこしたほうがいいと思うわ」

とかすみが呆《あき》れて言った。

知恵子はかすみの机の上をめずらしがって、子供のように何にでも触った。「いい紙切りナイフね」「ナイヤガラの滝の絵のついたしおりなんて、あなたらしくないわ」「きれいな封筒ね。これで今度私に手紙を頂戴《ちょうだい》」「きれいな文鎮ね。ガラスの中に青い渦巻が見えるのね。あら、こうすると動いているみたいだわ」……等々。

「ほしかったらみんな持って行ってよ」とかすみは半ば捨鉢に言いながら、「それにしても私たのしみだな。彼氏とは東京駅以来ですもの。どんな顔をして現われるか」

「あんまりいじめないでね、可哀想だから」

「おやおや、あなた、いやに同情するのね」

「いやね。あんな遊び人、誰が……」

「私はあの人がどんな風に化けて来るか、それがたのしみなの。知恵子、まだこの家に於《お》ける彼氏を見たことないだろう。そりゃあ巧《うま》い化け方よ。健全篤実明朗青年の見本みたいなのよ」

「それが私の親戚《しんせき》だと思うと情なくなるわ。でも私は、決して化けてなんかいなくてよ」

「わかってるわよ」

……パーティーの前のたのしい不安な気持が、流石《さすが》のかすみをも、だんだんに昂《こう》奮《ふん》させて来ていた。何度も時計を見た。応接間がせまくて、ダンスのお客には気の毒だ、などといつにない殊勝なことを考える。彼女が何かを待ってそわそわしていることは少くともたしかだった。

日の暮れかかるころ、お客がぽつぽつ来はじめた。母は応接間に坐《すわ》り込んで目付役をつとめる筈《はず》だったが、フルの音量にしたレコードの音楽が四方の壁にはね返ってガンガン云ってるようなこんな部屋にいると、たちまち頭が痛くなって退散した。

「とても私はあんなところにじっとしていられないから、お父様には、うまく申上げて頂戴よ。私はずーっと監督の任務を果しましたって。……どうせお父様も今夜は宴会でお帰りが遅いと思うけれど」

「いいわ。委《まか》しといて」

とかすみは胸を叩《たた》いた。

こんな相談を玄関先でしている最中に、又玄関のベルが鳴った。かすみがあけに行くと、鼻先へ白い冬バラの花束がぬっとさし出された。紺の外套《がいとう》を着た沢井が笑って立っていた。それはかすみが何の文句もつけようのない朗らかな明るい笑いであった。

『負けたわ。この人はやっぱり私より役者が一枚上なのかしら。でもいいわ。もうしばらくしたら、こちらも手きびしいお返しをするから』

咄嗟《とっさ》の間《ま》にかすみはそう考えたが、こんな闘争心がどうして湧き出るのか、その理由は考えなかった。彼女は穴のあくほど沢井の顔を見つめた。そこにあの日の東京駅の匂いをかぎ出そうとして。

しかし沢井の丸顔の微笑は少しも動ぜず、その目の光りは若々しく明るくて、まるでプラスチックを塗った少年雑誌の表紙の絵みたいで、陰翳《いんえい》もなければ奥行もなかった。彼はまずかよりに礼儀正しい挨拶《あいさつ》をした。

「今夜は、お招きにあずかりまして、ありがとうございました。猛烈にたのしみにしてまいりました」

かよりは沢井がひいきだったので、この良家の子弟らしい挨拶で目を細めた。

沢井はかすみにもごく常識的な、愛想のよい挨拶をしたが、かすみにはわれながら、彼の挨拶を、そんなに型通りの愛嬌《あいきょう》と感じる自分の感じ方がふしぎだった。去年、インタビューの日の沢井に対しては、かすみは、何の不自然さも感じないばかりか、そもそも彼の顔など注意して見たこともなかったのだ。

――客がそろっても、日本人の照れくさがりの習性で、なかなか踊り出さないので、兄の正道夫婦が皮切りをした。

これは全く見事な型どおりのダンスだった。正道はダブルの背広の胸を張って、実直な形の眼鏡の下で、気持のいい微笑をたたえて、妻を抱いて踊っていた。秋子はというと……、かすみは今更ながら、兄嫁のお尻《しり》のずいぶん大きいことを発見した。それは体ごと兄によりかかっているので、タイト・スカートの下のお尻が、健康に、はちきれそうに見えるのである。

みんなはしんとしてこの模範的なダンスを見物したが、どこでおぼえて来たのか、正道はいろいろとむずかしいステップを知っていて、秋子が又それにうまくついて行くのである。

この踊りの最中に、ドアが急にあいた。もう来るお客はいない筈だと思ってかすみがふりかえると、そこには父がシャンペンの罎《びん》を持って立っていた。若い社員たちは、立上って、一太郎のための空席を作り、正道と秋子もダンスをやめてしまった。

一太郎はそこで、ものわかりのいい訓辞を大声で述べ立てた。

「いいんだよ。いやね、新橋の料理屋で、今家《うち》で娘がダンス・パーティーをやっとるんだと自慢したら、女将《おかみ》が早速とっときのシャンペンを持って来て、これを早くお持ちかえりになって皆さんに呑《の》ませて上げなさい、とこう言うんだ」

「豪勢だなあ」

と谺《こだま》のひびくように沢井の和した声が、ちょっとかすみの癇《かん》にさわった。

「こいつはあとで抜くとして、さあさあ、みんな踊りたまえ。俺はどてらを着て畳に坐ってるほうが気楽なんだ。さあ、若い人同士でどんどん踊りたまえ。なぜ踊らん？　恥かしがっていないでみんな踊りたまえ。俺はシャンペンだけ置いて退散するから」

この大声の訓辞のあいだ、知恵子が、

「いいお父様ね」

とかすみの耳にささやいたが、かすみは返事もしなかった。こんな挨拶で、父が折角のダンスの会を、会社の団体旅行の宴会みたいな雰囲気に変えてしまったのが、ひどく気に入らなかった。

一太郎の音頭で、男の客は操り人形みたいに一せいに立上り、それぞれの女客のところへ踊りを申し込んだ。かすみのところへは沢井と牧が来たが、いつもぼやぼやしている眠たそうな牧は、結局沢井にかすみをとられて、二三度重い垂れ下った瞼《まぶた》で目《ま》ばたきしてから、知恵子に申し込んだ。

沢井の胸にかすみは多少の抵抗を以《もっ》てとび込んだ。

今まで何度となくダンスをしていながら、こんな気持になったのははじめてである。今までかすみは全然無感動でダンスをしていたと言えるのだ。派手なネクタイとワイシャツの胸もとが、丁度跳込台から見たプールの水面のように、圧迫感を以てゆらゆら揺れて見えるというのは、どういうことなのだろう。

踊りだすと、すぐ沢井は何か冗談を言いかけた。そのとき、かすみは、応接間の一角の飾棚の上に白い花をひらいている水仙を見ていた。彼がターンしたので、水仙から目が離れた。彼女は花なんか見ている場合じゃないと依怙地《いこじ》に考えた。

『清潔な花……沢井さんは清潔じゃない。だが、清潔じゃないということはイヤなことの筈じゃないか。この人と踊るのが、不潔なイヤなことだろうか？』

沢井の冗談も耳に入らず、かすみの考えているのは、こんな夢の中でのような、堂々めぐりの考えだった。

一曲は三分間だ。この間に言うべきことを言わなければいけないと思うと、かすみはさすがに緊張のあまり、胸がドキドキした。そしてやっと口に出た言葉は、冗談らしい軽さを帯びているべきなのに、固苦しい、非難するような口調になってしまった。

「ねえ、沢井さん、このお正月に、私、いいところ見ちゃったのよ、東京駅で」

沢井は無邪気な目つきで、実に思わぬことをきいたという表情で、かすみの目をのぞき込んだ。

「へえ？　いいことって何です」

かすみはこの白ばくれ方に闘志をかき立てられた。

「あら、健忘症ね。この次踊るまで思い出してね」

そこで音楽が終ってしまった。ＬＰのレコードだから、つづけて踊れば話をつづけられるのだが、かすみはさっさと自分の席へかえって来てしまった。するとすぐ尾崎に申し込まれた。

尾崎と踊るあいだ、彼女の放心状態はひどいもので、尾崎が何か立てつづけに喋《しゃべ》っているのが、一つも耳に入らない。

かすみは、前の一曲の切れ目で余韻を残して、沢井を不安の中へほうり込んだまま、逃げて来たということには満足している。しかしどうしても許せないのは、最初の質問をしたときの自分の不自然な声の調子である。あれだけは全くいただけない。嫉妬《しっと》に狂ったオールドミスの難詰の調子みたいで、それを思い出すと自己嫌悪にかられる。のみならず、沢井を次の一曲に手放したということもそれから考えると逆効果に思われる。沢井の耳には、かすみの妙に固くなった声ばかりが残っていて、それがとんでもない誤解へ、彼をおちいらせる危険さえあるのだ。つまり、かすみに嫉妬されている、この少女はこんなに俺を愛していたのかという危険な誤解！

『ああ、そんな誤解は絶対にゆるせない。私は一度だって嫉妬したことなんかないのに』

かすみは思わずこんなことを大声で口走りそうになって、怖い目つきで沢井のほうを眺めた。沢井は知恵子と気楽そうに踊っている。二人の様子は、別に東京駅事件を話題にしているようには見えない。そう思うと、かすみは少し安心したが、いじめようと思った相手があんなにのびのびしていて、いじめた筈のこちらがこんなにイライラしているという事態に、俄《にわ》かにムラムラと怒りがこみ上げた。

沢井は四回もかすみを待たせた。沢井がかすみに申し込もうとすると、他の男が申し込んで来るのでかすみが立つことになる。だから沢井が故意にかすみをじらせたわけではないのだが、いよいよ沢井と二度目に踊るチャンスが来ると、かすみは踊る気がしなくなって、一生けんめい言訳を探した。

「咽喉《のど》が乾いちゃったの。パンチをとって来て下さらない？」

かすみの作ったパンチ鉢から、沢井が二杯のグラスに紅《あか》いパンチを注いで、踊りの群にぶつかるのを避けながら、危なっかしい恰好《かっこう》で運んで来た。

「どうもありがとう」

沢井は一寸《ちょっと》攻撃的にかすみを見た。

「さっきの話のつづきをしましょう。僕だってあんまり暗示的に言われたって、よくわかりませんよ。よく話して下さい」

沢井が先にこう言い出したので、かすみはようやく楽な気持になって、すらすらとその夕方の描写ができた。沢井は一とおりきくと、ふうっと大げさに溜息《ためいき》をついた。

「そうですか。僕だって、あの女を親戚《しんせき》の女の子ぐらいにごまかすことだってできるんだけど」

「だめよ。御親戚の一人もちゃんと一緒に見ていたんですもの」

そこでかすみははじめて知恵子の名前を出した。

「ええッ？　あいつも」と踊っている知恵子のほうをちらりと見た沢井は、急に笑い出して、

「そうか。あいつも人が悪いなあ。今まで黙っているなんて。そうか。僕の負けだなあ。それじゃ白状しちゃいましょう。あれは柳橋《やなぎばし》の芸者ですよ」

この沢井の率直さが、かすみには実に気持がよかった。彼女は沢井をこんな明るいカラッとした敗北まで、何とか引張って来たいとのぞんでいた自分を知った。こうなれば、もうかすみの目的は果されたも同様だった。彼女はやさしく、傷ついた獲物をいたわる心境になった。

「わかったわ。それだけわかればいいの。でもあの劇的シーン、私にはとても魅力があったわ。詳しく話して下さらない？」

「だってここじゃあ……」と沢井はあたりを見まわした。「いつオヤジ、あっ、いけねえ、あなたのお父様が現われるかわからんし」

「そんなに秘密なの？」

「秘密ですよ。会社もズル休みしちゃったんだし、あんなつまらんことで……」

「じゃ、どこかでゆっくりきかせてね」

沢井は、あいかわらず屈託のない表情のまま、犯人みたいにあたりの様子をうかがって、学生っぽい舌打ちをした。

「いいですよ。でも、そうだな。交換条件を出しますよ。あなたがお父様に絶対秘密を守って下さったら、これから何でも話してあげましょう」

「いいわ」

「約束する?」

二人は人に見えないように指切りをした。丁度あしたの日曜は、かすみは学校の友だちが出る長唄《ながうた》の会をききに行くことになっていて、それが一向気が進まなかったので、沢井とその時間に約束をした。かすみが男と二人きりで会う約束をしたこれが最初だった。

——すべてが片附いたという気持で、かすみはうきうきしていた。もう沢井と踊る必要もなく、ダンス・パーティーそのものも必要がなくなったような気がした。

パーティーがすんでから、かすみは、車で知恵子を家まで送ってゆく約束になっていた。今日に限って晩御飯に家へ帰らないことを許可された娘の母親に、かすみはともかく玄関先まで訪れて、挨拶《あいさつ》をしなければならない。

夜になって風のやんだ戸外へ最後のお客の姿が消えると、

「どうだ。面白かったかい？」

と一太郎が娘の肩へ手をかけた。

「ええ」

と、多少の済まなさが手つだって、かすみは素直に答えた。この素直な返事が父親の心にしみ入って彼を無上に幸福にさせているのが、かすみにはよくわかった。

「そうか。よかったな。これからも時々やろう」

正道夫婦は今夜はここに泊ることになっており、知恵子は一人だけ帰らなければならないのをこぼしていた。

ハイヤーに二人で乗り込んで、成城界隈《かいわい》の寝静まった早春の夜ふけを車が走りだすと、

「あなたのところへ来る人たちってみんなヘンだわ」

と知恵子が言い出した。

「どうして？」

「だって誰もデイトを申し込まないんだもの。きっとかすみばっかり狙ってて、かすみに遠慮してるんだわね」

「そんなことないわよ」

とかすみは答えながら、まんざら悪い気持ではなかった。何でも打ち明け合う筈《はず》の友達に、彼女は沢井とのデイトのことを言うべきか言うべきでないかに迷った。そのうちに迷うことに面倒くさくなって、外套《がいとう》のポケットに手を入れた。さっき銀の盆の上から敷紙ごと包んでポケットに入れてきたクッキーが手にさわったので、それを黙って知恵子の前へさし出した。

知恵子は黙ってそれをつまんで喰《た》べ、かすみも喰べた。それは授業中のつまみ喰《ぐ》いほどおいしく、二人は無邪気にボリボリと音を立てていた。

「いやだ。あなたの歯の音って鼠みたい」

「あなただってそうだわ」

「ねえ、沢井の景ちゃんの平気な顔見た？　やっぱり大人ね」

と急に知恵子が言い出した。

「やっぱり大人ね」とあわててかすみは和して、持ち前の乾いた微笑をうかべながら、こう附加えた。「私たちも早く大人にならなくちゃ……」

――車は郊外の商店街を通り抜けていて、すっかり閉めた店々の看板が、一つおきについた鈴蘭灯のあかりに照らし出され、その鈴蘭灯のつらなりの奥のほうに、踏切りの赤い灯《ひ》が下りて来るのが見えた。

「ばかにしてるわ。私たちが大人になろうと決心すると、忽《たち》ちああして赤信号が下りて来るんだわ」

と知恵子が言った。

5

かすみはお昼すぎに家を出るときに、ちょっと後めたい気持だった。しかし何も恋人に会いに行くのでもなければ、悪事を働きに行くのでもないと思うと、良心の苛責《かしやく》はぬぐい去られた。いつもは全然お化粧をしないのに、昨夜母から、薄い口紅をゆるされたので、今日もそのつづきのつもりで、ごくわからないほどのお化粧をした。

沢井と待ち合せたのは、渋谷《しぶや》のありふれた喫茶店だった。かすみは時間どおりに行きたくなかったので、少し早目に渋谷へ出てしまってから、時間をつぶすためにぶらぶら歩いた。すると大きな靴屋の前で、パッタリ沢井に会ってしまった。

沢井はスウェーターの上へ空いろのナイロンのジャンパーを羽織って、いかにもそこらの町の青年という恰好《かっこう》をしていた。偶然かすみも空色のコートを着ていたので、遠くから、

「おや、おんなじ色のジャンパーが歩いているわ」

と思ったのである。

て見せて、

「やあ」と沢井は快活に笑うと、自分のジャンパーの裾《すそ》をかすみの外套にくっつけ

「おんなじ色だ。しめし合わせたみたいだな」

と言った。

「まだお約束の時間には早いわね」

「そうなんですよ、僕も時間を潰《つぶ》していたところだ。きのうはありがとう」

と沢井は靴屋のショーウィンドウに貼りついて、人ごみを避《よ》けながら言った。

「ここのお店で、お買物？」

「いや」

二人は照れかくしに、宙に浮んでいるように陳列されたおびただしい靴を眺めた。

中には鰐革《わにがわ》に金の留金の靴もあった。

「あんなの誰が穿《は》くのかしら？」

「ワニが穿くんでしょう」

かすみは笑い出して、

「本当に沢井さんって、罪悪感が全然ないみたいね」

「冗談でしょう。僕は犯罪なんか犯したことないもの」

二人は待ち合せた喫茶店も忘れたように、日曜の人ごみにまじって足の向くまま

に歩きだした。

「うそよ。東京駅でのあなたは、一度も見たことがない位い、暗い目つきをしていらしたわ」

「人間、たまには仏頂面《ぶっちょうづら》もじますよ。それはそうと」と沢井はかすみのコートの背に軽く手をかけた。「あなたは本当のところ、探偵なんですか、それとも僕の完全な味方なんですか」

「どっちかしら？　ともかく私、理解者として来てるのよ。私、何だか研究の意欲《いよく》が湧いただけなの。誰にも言わないから、何でも話してね」

「やだなあ、卒業論文のタネなんかにされちゃあ」

この迷惑そうな嘆息があまり実感を以《もっ》てきかれたので、かすみは自分の有利な立場に自信を持った。

二人は道玄坂《どうげんざか》を半ばまで上ってまた下りて、渋谷駅前の迷路のような飲食店街の奥にある喫茶店の二階へ上った。どのボックスもアベックばかりなので、かすみはわざと快活に子供らしく振舞った。

「お父様には絶対に言いつけないから、これから何でも話してね。話して下さらなかったら、言いつけるわよ」

「わかったよ」

かすみはコーヒーを少し呑《の》むと、テーブルに両肱《りょうひじ》をついて、それに顔を乗っけて、沢井の顔をつくづく眺めた。

沢井は、明るい丸顔で、どうと云って特色のない顔立ちだが、歯並びのきれいなのが清潔感の原因だな、とかすみは考えた。

「よせよ。そんなガチ勉の学生が講義きくみたいな顔するの」

沢井の言葉づかいもだんだんぞんざいになって、

「あなたっていうの照れくさいから、かすみちゃんって呼んじゃいけない？　僕のことも知恵子同様、景ちゃんって呼んでいいから」

「許可を与えるわ」

とかすみが言った。

「それであの芸者の人どうしたの？」

「困っちゃってたんだよ。僕、学生時代から知ってる妓《こ》で、このごろはしつこくてイヤになってたんだ。熱海《あたみ》まで行って、やっと別れ話をつけて来たのに、東京駅へかえって来たら、又ゴテるんだもの。それも、熱海は、はじめて二人で行った場所だから、別れるなら又もとの宿屋へ行きたいっていうんだろう。よくある奴さ。会社の休みの日に行けば何でもなかったんだけど、女がウンって言った日に行かなければ、又別れるキッカケがつかないしね。とうとう一日ズルけちゃった。お父様には絶対内緒ですよ」

「わかってるわ。それでもうキッパリ別れたの？」

「ああ別れた」

「それで、学生のころ、どうして知り合ったの？　芸者さんと」

「それはね。いろいろあるんだ。僕、実は学生のころ、ナイト・クラブでつまらない武勇伝をやったことがあるんですよ。足を踏んだとか踏まないとか、つまらないことから、喧嘩《けんか》になって、表へ出ろということになって、相手が五人にふえちゃったんだ。いけねえ、と思ったら、丁度芸者が一人あらわれて、僕の手を引いて、あっという間に車に乗せちゃったんだ。車の中にはもう二人の芸者と、太った旦那《だんな》がいてね、この旦那が面白い人で、僕の喧嘩っぷりが気に入ったというんだ。それから、そのまま熱海まで連れて行かれて、そのまま泊っちゃった。その晩、僕の手を引張ってくれた妓と出来ちゃったんです。弱ったな。お嬢さんにこんな話きかせていいのかな。あの芸者の名前は、紅子《べにこ》っていうんです」

かすみはこんな映画もどきの話にすっかり聞き惚《ほ》れた。彼女の健全な家庭では、ついぞきかれないような話だった。

「それから……それから？」

とかすみは根掘り葉掘りききたがった。

「それでその人と別れてから、あとは誰かいるの？」

「それも言わなきゃいけないんですか？」

「もちろんだわ。何もかも言わなけりゃ、言いつけるだけよ」

かすみは体を乗り出してきいていた。少しも嫉妬《しっと》していないのが得意だった。

「もうこれだけにしておこうよ、今日は」

「だめだめ、何もかも言っておしまいなさい。私、これから、きっと景ちゃんの好い相談相手になれると思うのよ。これで私、ちっとも偏見がないんだから」

「心ぼそい相談相手だな。……でも僕も、丁度君ぐらいの年ごろの、物わかりのいい、清潔でテキパキした、きれいなお嬢さんの友達をほしいと思ってたんです。何もかも安心して打明けられるような。……案外これで、会社の中で、何でも話せる男の親友って、いないもんなんですよ。でも、かすみちゃんがこんなに話せるとは想像もしなかったなあ。いつでも冷たくて、一寸《ちょっと》おすましで……」

「あなたに見る目がなかったのよ」

とかすみは意気揚々と言った。

貸植木のフェニックスの埃《ほこり》っぽい葉叢《はむら》に、どんよりと煙草の煙が澱《よど》んでいた。

「窓をあけない？　もう春なんだもの」

とかすみが言った。

「よし」

と沢井が窓をあけて、

「見てくれよ、これ」

と窓枠の埃に黒く染まった掌をかすみに示した。

「いたずらをした子供みたい。泥あそびをするからそんな手になる」

とかすみは言って、急におかしくなって笑いつづけた。彼女が笑いつづけているあいだ、彼は眉《まゆ》をしかめ、口をへの字に結んで、パントマイムの役者のように、ずっと黒い掌をひろげたままにしていた。

6

沢井の話の面白さに、かすみは時の経つのも忘れてしまった。今まで父の傍らで見る彼のつまらない印象はすっかり消え、今更ながらかすみは、男性というものは容易ならぬ化け物だという感を深くした。

これで沢井がもう少し陰気な男だったり、にやけた色男であったり、いかにも女《おんな》蕩《たら》し然としていたら、かすみだってもう少し別な目で彼を見たかもしれないが、第一不潔感が先に立って、興味を持つところまで行かなかったろう。彼はそういう点では、まるで二重人格を想像させるようなものがなかった。

それに沢井の独特な「軽み」が曲者《くせもの》だった。たえず冗談を言っていて、どこまで本気なのかわからず、しかもその冗談が、どこかで必ず相手を意識している。相手の女が少しも無視されているという感じを持たず、ピンポンの玉をたえず体のどこかへ、ぶつけられているような気がするのだ。ピンポンの玉はちっとも痛くない。それでいて遠慮なく当ってくる感じが、わるくない。これが硬球でもぶつけられれば大怪我だし、追羽根でもぶつけられるのだったら、フワフワして気持がわるいだろう。

沢井が映画でも見ようと言ったが、かすみは映画より彼の話をきいているほうがずっと面白かった。

「今日は何時までに帰ればいいんです」

「もうそろそろ。お友達の長唄《ながうた》の会をききに行ってすぐ家へかえることになっているんですもの」

「可哀想に籠《かご》の鳥だな。鳥は鳥でも……」

「九官鳥とでも言いたいんでしょう。いいわよ、どうせ。家を出るときの苦労ったらなかったの。長唄の会ならキモノを着て行けって、お母様が言うのよ。もし振袖《ふりそで》を着て、二人で渋谷を歩いてごらんなさい。忽《たちま》ち人目についちゃうわ」

「君のキモノ姿って見たいな」

「ダメ。まるでコケシだから」

「そんなことないよ」と沢井はまじめに否定した。「きっと似合うぜ」

かすみは途端に、いつか沢井に自分の振袖姿を見せるチャンスはないかと心づもりをしている自分に気づいて『ダメだなア』と思って気を取り直した。

「それはそうと、かすみちゃん」と沢井は許された呼び名を遠慮なく濫用して話しつづけた。彼の口から出る「かすみちゃん」というその名が、かすみには、何だかみるみる馴《な》らされて、彼の所有物になり切ってしまった小さな栗鼠《りす》を見るような気がした。きのうまで確実に彼女のものだったその栗鼠が、今では大して親しくもない男の、膝《ひざ》や肩をするすると駈《か》け廻《めぐ》るのを見るような。

「それはそうと、かすみちゃん、君はズルイぞ。僕ばっかりに話させて、自分のことは何も言わないんだもの。君の話もきかせろよ。最初のキスはいつだったの？　初恋はどうだった？　今のボオイ・フレンドは？」

かすみは顔が赤くなって、何も言えなくなってしまった。実際最初の接吻《せっぷん》を彼女はまだ知らなかった。彼女は本当のところ、立派な躾《しつけ》と臆病《おくびょう》のおかげで、何一つ知らなかった。

とっくに空っぽになったコーヒー茶碗《ちゃわん》を、かすみはもう一度飲もうとして、底に融けた砂糖とコーヒーの粕《かす》が、にじんで固まっているのを見て、又もとへ戻した。その一瞬、融けた砂糖に焦茶いろのにじんだ感じが、どこかの海岸の入江で見た、小さな汀《みぎわ》のような気がした。赤褐色の岩の間に、打ち上げられた焦茶の海藻がたまっていて、それをとおしてくる小波《さざなみ》が、白い砂を浸している景色。……どこの海岸だったか、と彼女は考えた。それはあるいは、まだ一度も行ったことのない海岸、夢の中にチラとあらわれた海岸のけしきだったかもしれない。……忽ち、コーヒー茶碗の中の彼女の小さな海、その小さな黒い汀は、目の前から消えてしまった。

かすみはもう空《から》になったコーヒーを、それと知っている筈《はず》なのに、又口につけた自分が癪《しゃく》にさわった。沢井はきっとこれを見破ったにちがいない。そしてかすみの動顛《どうてん》を見抜いたにちがいない。

子供と思われることが死ぬほどきらいなかすみは、咄嗟《とっさ》の間に逆襲に出ようと考えた。つまり動顛したと思われたのなら、逆にかすみが凄《すご》い前歴を持った女で、そうきかれて動顛したと見せかければいいのだ。

窓の外の屋根ごしに、郊外電車が埃《ほこり》っぽい音を立ててターミナルへ入ってくるのを、目のはじに見ながら、

「そりゃあいろいろあるわ。でも女は、秘密をみんな喋《しゃべ》ってしまったら、もう女じゃないのよ。そのうちもっとお友達になれたら、喋るかもしれないけど。……それ

より沢井さんはどうなの？　今まで伺ったお話だって、何も証拠がないんですもの。ほうぼうの小説から、筋を引張って来て、つぎはぎにくっつけたのかもしれないわ。私が信じないと言えばそれまでじゃない？」

果してこの反撃は功を奏し、若い沢井は正直に反応して、ひどく自尊心を傷つけられた顔になった。

「何だって？　今まで僕の言ったことをみんな信じない？　紅子《べにこ》のことも、B子のことも、C子のことも、D子のことも？　ちぇっ、呆《あき》れて物も言えないな。君が話せというから正直に話したのに。こんなこと嘘ついたって仕様がないじゃないか？　ちぇっ！　あ、そうだ。君は少くとも東京駅で、紅子の一件だけは自分の目で見てるじゃないか」

「あれだって、お友達の恋人かなんかを慰めていたのかもしれないわ」

「ちぇっ！　ちぇっ！」沢井はすっかり乗せられて、思わず守るべき柵《さく》を踏みこわしてしまった。「いいよ。そんなら今すぐ見せてやるよ。僕が女の子を口説くのがどんなに巧《うま》いか」

「へえ」とかすみはすっかり冷静になって、高所から見下ろすような気持になってしまった。「それならこれから、この目でトックリ拝見したいものでござるな」

「よし、行こう！」

と沢井は窓から入ってくる風を空いろのジャンパーの裾《すそ》にはらんで、伝票をわしづかみにして立上った。

7

かすみはわざと、どこへ行くの、などと訊《き》かなかった。もうこうなったら黙っているほうがトクだと計算したのである。もし彼女が何か喋ったら、沢井はつまらない決心を飜《ひるがえ》すキッカケをつかまえるであろう。

事実、渋谷駅前の雑沓《ざっとう》の中へ出たときに、沢井が少しばかり後悔している様子が、かすみがはぐれないように目標にしているその空いろのジャンパーの肩のあたりに窺《うかが》われた。沢井も何も言わずに、人ごみを縫ってどんどん歩いてゆく。何だかそれがヤケみたいに見える。かすみは十分落着いている自分を自覚して、胸の中で小さな勝利感を温ためていた。駅のむこう側まで歩いて、そびえ立つT会館のモダンなビルを目の前にすると、

「あそこの五階のコーヒー・スタンドを知ってるかい？」

と沢井が言った。

「又コーヒー？」

と、知らないというのも業腹なので、かすみは質問を外した。

「今日は日曜だし、こんな真昼間だから、ダメかもしれないな。あそこの五階に古物ばかりやる映画館があるんだ。その最終回のはじまる前の、夜七時半から八時ごろまでが、映画館の前のコーヒー・スタンドの花ざかりなんだよ。ジューク・ボックスのまわりに、ティーン・エージャアがたかってて、とにかく面白いところさ」

「景ちゃん、そこで何かやったの？」

「ああ。前、友だちに教わって行って、十代の女の子をつかまえたんだ。ジューク・ボックスをきいたり、コーヒーを飲んだりしてるうちに、何となく知り合っちゃった。『あんた学生？』ってきくから、学生ってことにしちゃった。こんな恰好《かっこう》してりゃ、サラリーマンには見えないものな」

「それでその子どうしたの？」

「その晩のうちに、さ。簡単だったよ。あとくされがなくて、本当にいい子だった」

「又そこへ行ったら、その子に会うわよ」

「平気だ。むこうも割り切ってるよ。お互いに名前もきかないもの。僕のこと、向うで勝手に、『次郎ちゃん』なんて呼びやがんの。きっと失恋した初恋の男かなんかの名前だろ」

かすみは好《い》い加減度胆を抜かれたが、顔には出さないで、平然としていた。

「いいかい？　君と僕と別行動をとらなくちゃつまらないよ。エレヴェーターに乗るときから、他人みたいな顔をしてなきゃダメだぜ。そうしなきゃ、むこうが警戒するからな。とにかく僕のほうを見て、ニヤニヤしたりしたら、絶対ダメだぜ」

かすみは黙って肯《うなず》いた。

目の前に明るいT会館のビルが、のしかかるように迫って来た。それはお子様向きの、家族連れの遊覧の場所であり、屋上には遊園地もあり、何階かには結婚式場もある筈だった。お母さんに手をひかれた子供たちも、一階の入口を出入りしていた。郊外に住む人たちの平和な日曜日の午後がその建物全体にあふれていた。

しかし沢井のあとに従って、そのビルへ入ってゆくかすみの胸はドキドキして、あたかも暗い悪徳のはびこる危険な場所へ、潜入するような気持になっていた。

二人は空いているエレヴェーターに乗って、お互いに知らぬ顔をしていた。

『あ、同じ空色の着物じゃまずい』

と咄嗟《とっさ》に思った。さりげなく自分の空色のコートを脱いで、裏地を出して腕にかけた。かすみが下に着ているのは灰いろのワンピースで、これならもう、連れとは思われる心配はなかった。

彼女がコートを脱ぐとき、それがそばにいた子供のもっているゴム風船にさわったので、ゴム風船は弾《はじ》かれたように大きく飛び退《の》き、おかげでかすみは子供に睨《にら》まれた。沢井はそしらぬ顔をしていたが、口もとが、笑いをこらえているように感じられた。

エレヴェーターが五階に止った。

するとさわがしいロックンロールの音楽がひびき、雑多な色彩とお祭りのような人の群が目の中へ飛び込んできた。まんなかに大きなコーヒー・スタンドがあり、避暑地のような派手なだんだらの日覆がスタンドの上に張りめぐらされていた。そこにいるのは、ほとんど若い人たちばかりで、子供づれは少なかった。

あたりを見廻《まわ》すと、革ジャンパーにジン・パンの若者だの、トレアドル・パンツにペール化粧をして、手首に金属のブレスレットをジャラ〳〵下げた娘だの、よく「パサデナ」で見かける好かない連中の他に、ふつうの身なりをした若い連中も沢山いて、ただわけもなくうろうろしている。その中をかきわけてゆくのがかすみは気味が悪かったが、沢井のあとを少し離れて尾行しながら、心のどこかで沢井をたよりにしているのがわかる。

沢井はコーヒー・スタンドを一ト まわりして、ジューク・ボックスが、いかにも魅惑的な虹《にじ》いろの光りを放ちながら、けたたましい音楽を鳴らしているそばで立止った。そのまわりには、ジン・パンやトレアドル・パンツが大ぜい固まって、真剣な面持で足拍子をとりながら聴いていたが、遠くから見る背の高い沢井は、空いろのジャンパーの肩のあたりが何か孤独に見えた。

『私は東京駅の時と同じ景ちゃんを見ている』

とかすみは思った。すると、一緒にいた間の朗らかな彼とちがって、再び孤独な、どことなく空っぽな、目的を失ったような彼の姿が鮮明に目に映った。それは狩人《かりゅうど》の肖像画にはちがいなかったが、お供も連れず、犬も連れない、銃を携えた森の孤独な狩人の姿だった。そして彼のまわりには、密林のさわがしい鳥や小動物が、喧《けん》騒《そう》きわまりない勝手な鳴音《なきね》を立てていた。

「コーヒーですか？」

とスタンドの中のボオイがきいた。

「え？」

とかすみは神経質な目をあげた。

「ええ、コーヒー」

彼女は知らずにスタンドの一角に凭《もた》れていたのだった。スタンドの向う側には制服の男女の高校生が、ホット・ドッグを頬張りながら、何かしきりに笑って体をつつき合っていた。かすみはスタンドの上にある、緑いろのプラスチックの円筒を見た。ラッキー・スタンドと書いてある。彼女は十円玉を出して、これに入れた。

緑いろの円筒の上部は透明な塔になっていて、その中に男女の人形が危なっかしい恰好で立っている。十円入れると、オルゴオルが鳴り出し、燕尾服《えんびふく》とイヴニングの人形はワルツを踊りだした。オルゴオルのワルツは、ジューク・ボックスのロックンロールや、あたりの喧騒の中で、まるで耳立たず、場ちがいの音楽を遠慮しい、切ないようなきれいな声で、呟《つぶや》くように歌っている感じがした。かすみはそんなに感傷的な娘ではないのに、このオルゴオルに耳をすましていると、何だか生れてこのかた、こんなに孤独でみじめな日曜日はなかったような気がした。

コーヒーが来た。かすみは三十円を台の上に置いた。もうそんなものを飲む気はしなかった。

ふと見ると、沢井は、ジューク・ボックスの前で、いつのまにか一人の女の子と話している。スカーフで頭をおおい、赤い半外套《がいとう》を着た娘で、顔は見えない。

又曲の変った音楽の湧き立つ中で、もちろん会話はここまではきこえない。ただ沢井の顔に浮ぶ実に自然な微笑や、そのきれいな歯並びの歯が見えるだけである。沢井はうつむいて、女が背のびして、沢井の耳もとで何か言っている。それがひどく親しげに見える。

かすみはコーヒーなんかそっちのけで、早くその女の子の顔が見たくてたまらなくなった。沢井が親しげに話しかけているのが、かすみ自身が話しかけられているような錯覚があり、そう思うと、その女の子のスカーフに隠れた顔は、かすみ自身ではないかと思われてくる。

かすみの心に、この会館に入るまでの冷静さは失われてしまった。全然嫉妬《しっと》はしていないのだが、全身が痒《かゆ》くなってくるほど、沢井とその女の子との接近が気になるのである。

『あの子がこっちを向いたら、ものすごい醜い女の子だったら面白いな。そうしたらあとで景ちゃんをうんとからかって上げる材料ができる。こう言ってやろう。あなたってそんなに趣味が悪いとは思わなかったわ、って。そうしてカンラカンラと笑ってやろう』

沢井が女の子の肩に手をまわして、人ごみを縫ってこちらへ近づいて来た。やっと見えた女の顔は、非常に美しかったので、かすみはがっかりした。近づくにつれて、それがかなり濃いお化粧のせいだとわかった。『どうせ街の女だわ』……しかしかすみは、街の女についてどんな概念を持っているのでもなかった。

沢井は大胆にも、コーヒー・スタンドのかすみのすぐそばへやって来て、かすみへクルリと背を向けて、女と二人でスタンドへ片肱《かたひじ》をかけて向い合った。そこでかすみが横目を使うと、沢井の肩ごしに、いやでも女の横顔が見えるのである。

「何にする？　コーヒーか？」

「うん、冷たいの」

「オイ」と沢井はボオイを呼んだ。

はじめから打合せた上の芝居だのに、かすみに背を向けている沢井が、かすみにはひどく失礼で冷酷で非人間的に思われた。そう思いながら、おのずから二人の会話に向って耳を澄ましてしまう。

沢井はかすみと話す時とは又一段とちがった、街のあんちゃんそのままの口をきいていた。かすみはますます彼の才能におどろいた。女は又それを喜んでいるらしいのである。

「あんた学生でしょ」

と女がきいているのをかすみは耳にして、さっきの話を思い出して苦笑した。

「うん」と沢井はすまして答えていた。「オレなんか、学校へ行きゃもう主《ぬし》だからな」

「大丈夫よ。まだ禿《は》げ上ってないから」

「よせよ、コイツ」

「でも私なんか、ジャリはきらいだな。ふとして御信頼しちゃうの、やっぱり年上だもの」

「態度いいよ、お前は、全く」

「このジャンパー、イカシてるわね。遠くから目立つわよ」

こんな会話を、全然無視されながらきいているうちに、かすみは気持が悪くなった。

沢井の腕は全く自然に女の子の肩へ廻されていた。

……ふとかすみは、コートを持っている左手の肱が軽く押されるのに気がついてふりむいた。そこに流行の派手なVネックのスウェーターを着た小柄の若者が立っていた。キッとふりむいたかすみの態度に、若者の頰が、小石を投げられた池の水面のように、ピリリと波紋を立てて緊張するのがわかった。しかしその頰にはニキビが相当数吹き出ていた。

「そんなににらむなよ」

と、虚勢を張って、少し慄《ふる》え声《ごえ》で若者は言った。

「お連れいないんだろ。いないんだったら、一緒にコーヒー飲まないか?」

かすみは、そのまま穴のあくほど相手を睨みつけると、すっと身をよけて、エレヴェーターのほうへできるだけ足早に逃げた。若者は追って来る気配はなく、スタンドの人ごみを透かして何も気づいていないらしい沢井の空いろのジャンパーの背が見えた。エレヴェーターを待っている余裕はとてもなかったので、かすみは一散に階段を一階まで駈《か》け下りて、T会館の総硝子《そうガラス》のドアを出ると、すぐ目の前にとまったタクシーを呼んで、成城学園へ命じた。タクシーが走り出し、渋谷の街をとおり抜けるあいだ、まだかすみの胸はドキドキしていた。

8

かすみはその日一日ひどく憂鬱《ゆううつ》になって部屋にとじこもってしまった。沢井からの電話はなかった。これこそ沢井の無礼が本物である証拠のようなもので、かすみは絶対に彼を恕《ゆる》せないという心境になった。

でも考えてみれば、これはおかしなことだった。挑戦したのはもともと彼女のほうで、女を誘惑する現場を見せろと云い出したのは彼女だった。そこまで考えると、憤懣《ふんまん》の持って行き場所がなくなった。

かすみは日曜日の晩の静かな家の中を見まわした。兄夫婦は午後になって帰ったあとだった。夕食後の茶の間では父と母がテレビを見ていた。今日の午前中はゆっくり話す暇がなかったので、父は夕食のとき、きのうのパーティーについてのかすみの意見をしきりにききたがったが、娘は元のように自分の世界にとじこもって、神秘的な、半ば困ったような微笑をうかべて、

「とても面白かったわ」

と言うだけだった。

こんなことなら、昨夜、最後のお客がかえったあと、父親が「どうだ。面白かったかい？」と、娘の肩に手をかけてきいたあの一言にとどめておくべきだったかもしれない。それにこたえた娘の、素直な、心のこもった、

「ええ」

という一言の返事に満足しておくべきだったかもしれない。

一太郎のかすみに対する父性愛が、何故かあまりいつも不安に充《み》ちているので、『父子《おやこ》の愛なんてこんなものじゃない。もっと平和な愉《たの》しい愛情の筈《はず》だ』という当然な不満が、さすがに単純な一太郎の心に兆しながらも、なおかすみから目を離せなくなるのだった。

娘といいながら、一太郎にとって、かすみは謎の女だった。父親が一歩踏み込むと、退いて遠くのほうで不可解な微笑をうかべる。父親が退くと、いつのまにか、父親の背中にとびついて甘ったれている。いつも愛情のタイミングが合わない。……それだけに何かの拍子でピッタリ合うと、何ともいえず甘美なものが感じられるのである。

かすみは一旦《いったん》部屋にとじこもりながら、又もや一人でいるのに耐えられなくなった。

八畳を洋間に改造した女の子らしい明るい花やかな色彩の勉強部屋、臙脂《えんじ》のラン

プ・シェード、花もようの壁紙、レエスの窓かけ、……そういうものが、急にみだらなもののように思われて来、ここがまだ見たこともない連れ込みホテルの一室のように思われてきた。

何というへんな幻影だろう。そうだ、今ごろは沢井が、あのコケティッシュな表情の女の子を、どこかのホテルへ連れ込んでいる時刻にちがいない。

「あなたのジャンパー、イカしてるわ」

許せない！　許せない！　そんなことをあの子が云うのは許せない。……しかしかすみは絶対にこんな感情は嫉妬じゃなくて、麻雀《マージャン》きちがいがだんだん本気になるように、ただの「人生あそび」が多少度を過して、毒素を発生したせいだと考えていた。『意地でも私は冷静になろう』

こんなとき男の人なら、パッと家を飛び出して、お酒でも呑《の》みに行くのだろう。でもかすみは、……ここを飛び出しても、茶の間しか行くところがなかった。

茶の間では父と母が、テレビを見ながら笑いころげていた。

『いい年をして、夫婦で笑いころげてるなんて、不潔だわ』

とかすみは八つ当り的心境でそう思った。

かすみが父母の間に坐《すわ》ると、その笑い声は平静になった。父親が何となくかすみの存在に気をつかうからである。

テレビの喜劇は二三分で終りになった。一太郎は早速かすみのほうを向いて、

「折角の春休みをどうするつもりだい。友だちと旅行にでも出かけたらどうだい?」

「あなた、そんな、よろしいんですか」

と母が横から口を出した。嫁入り前の娘を親の附添なしで旅に出してやるなどということは、彼女には常識外のことだった。

このたった一言の阻止にも、母が全精力をこめていることが、その三角になった目尻《めじり》の力み方を見てもわかった。かよりは一太郎にどうしても反対できないようになっていて、それが彼女の第二の天性だったが、たまに反対するときの表現は、哀切なあまり怨《うら》みがましい響きまでたたえて、すっかりユーモアを失ってしまうのであった。

「テレビはもう止《と》めなさい。今夜は久しぶりにゆっくりしてるから、あれがいい、今日もらった改進堂《かいしんどう》の菓子でもたべて、ウィスキー入り紅茶を注文しよう」

すると、十円玉を入れてすぐ動きだす機械みたいに、間髪を入れず、かよりはチョコマカと動きだした。

「かすみはどうだね。まだ当分お嫁さんに行く気はないかね」

父が海驢《あしか》のような顔をかすみへ向けると、実に自然にこんな質問をした。

瞬間かすみは『やられた！』と思った。こんな質問は今まで出そうでいて一度も父の口から出なかったのだが、こう藪《やぶ》から棒に、しかも自然にやられてしまうと、防戦の暇がなかった。

「あら、別に」

「あら別にって何のことだい？」

母が忙しく立ち働きながら、全身を耳にして、かすみの反応に気をつけているのが、かすみにはよくわかった。

「とにかくお父さんの望みは一つきりしかないんだよ。かすみに幸福な結婚をしてもらうことだ。物質的にもだが、何より精神的に、もっとはっきり言えば、女として一等幸福な結婚をしてもらうことだ」

かすみはここまではっきり宣言されてしまうと、却《かえ》って父とこれを機会に、大いにディスカッションを戦わせる勇気が湧いた。

「幸福って一体どんなこと？　幸福な結婚って」

「まあ、言ってみれば、お父さんとお母さんみたいな結婚だな」

「まあ呆《あき》れた」

かすみはむしろそんなことを言うこの海驢のような父親の、自己満足と無恥厚顔に呆れたのである。

「それは冗談だが、本当にかすみを愛してくれる真面目で清潔で将来性のある青年、そういう人をぜひとも見つけなくちゃならん。見かけがよかったり、口先が巧《うま》かったりする男にぶつかって、えらい目にでも会ってごらん、かすみより先に、このお父さんが泣くよ」

「あら、オーバーね」

「こりゃあまじめな話だよ、かすみ。いくら乱れた世の中でも、一本筋の通ったまじめな努力家の青年はいるもんだよ。結婚というのは長い事業だからね。地道に着々と幸福を築いてゆける相手を探さなくちゃいかん」

「だからその幸福って何なの」

「平和さ。これが第一。次が本当の、静かな愛情。第三が、経済的に安定した生活だろうね」

「幸福ってそれっぽちのものなの?」

「それっぽちって、これはまったく偉大な三条件だよ。人間の生活にこの三条件がそなわれば、あとは何も要らないと言っていい。たのむから浮わついた判断をしないで、立派なまじめな青年と結婚するんだな。お父さんの願うことはそれだけだよ」

母は菓子と紅茶を運んできて、又父のかたわらに坐った。ときどきこの母を見ていると、かすみは気味が悪くなる。この無表情な女が、これが幸福にどっぷり浸った人の姿だろうか。何ともグロテスクじゃないか。しかし娘のこんな不遜《ふそん》な印象は、決して両親にわかりっこなかった。

「そうですよ。お父様の仰言《おつしや》るとおりよ。私たちは決して無理難題を言ってるのじゃないわ」

とうとうかすみは、言わずにいるつもりの質問をしてしまった。

「じゃ、具体的に仰言ってよ。将来性があってまじめな青年ってたとえばどんな人？　きのうのパーティーへ来た人なんかそう？　牧さんや、沢井さんや、尾崎さん？」

「うん」と一太郎は一寸《ちよつと》考え込むふりをしたが、実は本当に考えているのでないことがすぐわかった。答はとっくに決っていたのだ。

「うん、まあ、そうだな。ああいう連中は、とにかく今どきめずらしい青年だ。みんなしかも明るくて、上役のお父さんに対しても、少しも卑屈なところがない」

かすみは自分の顔が急に赤くなるのを感じた。一太郎の甘い皮相な考え、浅薄なものの見方が、かすみ自身の恥であるかのように、彼女の頰を赤くしたのだった。するとと久しく父親に抱いてきた、言いようのない不信の念が急に強くなった。父の思想の裏を掻《か》いてやりたい気が強く起って来た。

「そうすると、あの人たちは、お父様が私にえらんで下さった花婿候補たちっていうわけ？」

「そう言っちゃ身も蓋《ふた》もないがね。まああの中に、かすみの気に入った人物がいればの話だよ。もちろん具体的になりゃあ、綿密な調査もしなくちゃならないが、これだけは約束しておくれ、かすみ、もしあの中で一人でも、又別の人物でもいい、もしかすみが少しでも気に入った青年がいたら、すぐお父さんに報告してくれなくちゃ困るよ。そうしたら、お父さんは、全精力を傾けて、調査をはじめるからね。それでパスして、お父さんの目にまちがいがないとわかったら、そのときこそその青年は、立派なかすみの花婿候補だよ。いいね。わかったね」

「ええ、いいわ」

とかすみは乾いた微笑をうかべて、さわやかな返事をした。そばで母がほっと安心した小さな溜息《ためいき》をつくのを、かすみは聞きのがさなかった。

「ええ、いいわ。でも今のところは、別に、どなたも特別な方っていないわ。……もしそういう方が出て来たら、の話でしょ」

「もちろんさ。むりに作ってもらっちゃこまる」

一太郎は、人のいい、指でつついてブルブルふるえるお豆腐のような微笑をうかべた。

——あくる朝、すっかり寝坊したかすみが朝食をすましたとき、電話が鳴りひびいた。立って行った母が、

「きのうの長唄《ながうた》のお友達の、田村《たむら》さんという方からお電話。お母さんはまだお目にかかったことないけど、きのうのお礼を言っておいた」

「え？」

と言うなり、かすみは一寸顔色が変った。

「むこうも、来て下さってありがとう、ってお礼を言っていなすったよ。丁寧なお嬢さんね」

「え？」

と、又かすみは二の句が継げなくなった。

「ゆうべは、おさらいのあとで、ガックリしてあんまをとりましたって。若い方でも、そんなときは肩が凝るものなのね」

「切った？」

「いいえ。あなたと話したいって」

かすみは電話室へ飛んで行って、ドアをキチンとしめた。

「もしもしかすみさんですね」と若い女の声がして、「今代りますから」

かすみが何を言うひまもなく、代って出てきた男の明るい声が、

「やあ、おはよう。きのうは失礼」

というのは、紛れもなく沢井だった。

9

かすみはそのまま電話を切ってしまおうと思ったが、ここで怒ってはてっきり嫉妬《しっと》と思われるという虚栄心が働らいて、まるで突き放した晴れやかな声で応対しようと心に決めた。咄嗟《とっさ》にそう心に決めはしたが、そうそう注文どおりの声は出てくれない。そこで黙ってしまうことになった。

「どうしたの？　もしもし」

と相手はこんな細かい心理には少しも頓着しないでつづけた。

「もしもし……きのうは急にいなくなっちゃって心配したぜ。どこかの愚連隊にかどわかされたんじゃないかと思ってね」

沢井は自分のことは少しも悪いと思っていない声の調子だった。やっとかすみも晴れやかな声を出す余裕を得た。

「無責任ね。もしそうだったら、どうする気？　きのうはあれから電話もないし、あなたみたいな無責任な人、全然魅力がないわ」

「御免御免」と電話のあやまる声はどこまでもおどけていて、「君のこったから、絶対肱鉄《ひじてつ》を喰《く》わせてると信じていたよ。難攻不落のかすみちゃんっていうことは、よっぽど阿呆《あほう》な男じゃないかぎり、ピンと来るからな」

かすみは敢《あえ》て、沢井があれからどうしたかということは訊《き》かなかった。それからガチャガチャと冗談を言い合って、

「又近いうちに逢《あ》おうぜ。君のところへはいつも田村って名でかけていいかい？　僕の会社へ電話くれるんだったら、君のほうが田村っていう名でかけてくれよな」

それで電話は切れてしまった。かすみは自分でもわからない無理な精神的努力に疲れて、受話器を置くとグッタリしてしまった。受話器の口が自分の息で、あたたかく汗をかいているのがなまぐさい。自分が何だか熱情をこめて喋《しゃべ》ってしまった証拠みたいに思われる。その熱情が、かすみはイヤなのであった。

かすみはすっかり不機嫌になって自室にこもった。すると今しがたの電話が、だんだん不愉快な大きな黒い固まりになって、胸につまって来るような気がした。

庭に向う窓をすっかりあけた。目の前の花壇には、去年の秋父の一太郎が丹念に種子《たね》を蒔《ま》いた矢車草が色とりどりの花をひらいていた。一体矢車草は初夏の花だが、気の早い父は、こういう早咲きの種が好きなのである。

「空いろ……桃いろ……赤……白」

とかすみは花の色をかぞえた。空いろが一等美しく、すらりとした草の形にその色が一等似合っていた。

「空いろ……桃いろ……赤……白」

ああ！　こんな抒情的《じょじょう》な甘ったるい色の配合はたまらなかった。うらうらとした春の朝の日ざしに、隣りの家の赤屋根の下から、このごろ巧《うま》くなったピアノの軽やかな曲が流れて来た。

「空いろ……桃いろ……」――こういうやさしい色合に、かすみは窒息させられそうになっている自分を感じた。それは父の一太郎が娘にむりやり着せようとしている穏当な甘い色彩だった。すべてこういうもの、幸福な家庭の愛されている娘の生活というものには、もう耐えられなかった。

大袈裟《おおげさ》に言えば、かすみは嵐がほしい。さっきの電話は、たしかにかすみの欲していた嵐だった。しかも欲していた嵐にいざ身を包まれると、これも不愉快な点では、矢車草の空いろや桃いろに劣らなかった。

『なぜあの人は、田村さんの名前で電話をかけて来たのだろう。それは私の越度《おちど》だわ。長唄のお友達の名前を教えてしまったんだから。でも、あんまを呼んだとか何とかいう凝りすぎたお芝居は、沢井さんの書いた台本だろうけれど、私の母をだますためだと思えば、あんまりあくどすぎる。それに沢井さんの命令どおりに田村さんの名前をかたって喋ったあの女は誰だろう。かすみさんですね、今代りますから、というあの女の声は誰だろう。もしかしたら、きのう沢井さんが誘惑したあの女かもしれない！　ああいやだ。ああ汚ない！……それにあとで出て来た沢井さんのぬけぬけとした無責任な弁解……』

そこまで考えてかすみは、あの電話で一等深く傷つけられた言葉が何だったかに思い当った。それは正《まさ》しく沢井の言った、

「難攻不落のかすみちゃんっていうことは、よっぽど阿呆な男じゃないかぎり、ピンと来るからな」

というトドメの一言だった。

かすみは三面鏡の前へ行って、自分の顔をつくづく眺めた。美しかったが、ひどく不機嫌な顔は、われながら魅力がなかった。

『これが難攻不落の顔なんだわ。これが男を寄せつけない冷たい硬い顔なんだわ。この顔を見ると、男の人はソッポを向いてしまうんだわ』

これは言うまでもなく、美しいかすみに似合わぬ誇張された感想だったが、人からはじめて決定的に「魅力がない」と言われたような気がして、彼女は三面鏡をパタリと閉じて、顔を伏せて泣いた。

こういうとき思い出すのは、どうしても友だちである。

かすみは涙のあとを十分に隠した上で、母のところへ行った。

「ねえ、お母さま、きょう知恵子さんを誘ってスケートへ行ってもいい？」

「ええ、いいことよ。でも怪我をしないようにして頂戴《ちょうだい》ね」

今度はかすみは電話室のドアをあけっぱなしにして、知恵子へ電話をかけた。

知恵子の眠そうな声がきこえてきた。

「なあに。私ゆうべ推理小説を読んで徹夜しちゃって、今起きたところなの」

「スケートへ行かない？」

「行ってもいいけど。……三時ごろからなら」

「スケートしながら、いろいろあなたにきいてもらいたいことがあるの」

「私もよ」

片方がきいてほしいことのあるときは、片方もそうだというのは、友情の理想的状態である。これは霊感みたいなもので、かすみと知恵子は、遠くにいても、ときどき相手が今何を考えているかわかるような気のすることがある。

或《あ》るときなど、かすみが学校を風邪で休み、知恵子も同様風邪で休んでいたのが、お互いに何となくわかってしまった。知恵子がかすみに電話をかけてきて、電話口へ出た女中に、

「かすみちゃんお風邪で学校をお休みでしょう」

といきなり鼻声で話しかけたので、すっかりおどろいた女中は、「あの方って千里眼ですね」とかすみに言うのであった。

しかしそれをきいて、かすみは少しも愕《おどろ》かなかった。大して流感がはやっているわけではないが、こちらにかすみが風邪で寝ていて、むこうに知恵子も風邪で寝ているということは、ひどく自然に思われた。それは小さな絵の構図として、こちらのはじに赤い林檎《りんご》が一つころがっていると、むこうのはじに青い林檎が一つころがっているというような具合に。

10

——スケート場で。

二人がフィギュア用の靴のエッジで、器用に床をコツコツ歩いて場内へ入ると、丁度清掃時間だった。

音楽は絶え、スケーターたちはフェンスの外側へ追いやられてがやがや言っており、氷面には赤い帽子に赤いスウェーターの清掃夫たちが、T字形の水掃きに身を支えて、丁度アイス・ホッケイの選手たちのように、軽快に、我物顔に辷《すべ》っていた。それはお客たちの滑走よりもずっと巧みで、(その筈《はず》だ。清掃夫たちはコーチャアだった）、雑沓《ざっとう》するお客たちの時間よりも、短かいながらずっと広闊《こうかつ》な、自由な時間の滑走を、思うさまたのしんでいた。

「あんなに燕《つばめ》みたいに飛んで歩くのがお掃除なら」と知恵子は人ごみに揉《も》まれてよろけながら言った。「私だってお掃除好きになるんだけどなあ」

「そりゃ廊下のお雑巾《ぞうきん》かけとはちがうわよ」

「アラ、偉そうに。まるで自分でやってるみたい」

二人は大事な話をするキッカケを探していた。しかしこう混み合っていては話どころではなかった。すぐかたわらにも、目つきの鋭い三人の若者が、チューインガムを嚙《か》みながら、女の噂をしている声がすっかり耳に入った。彼らの唇は、チューインガムに追いまくられているように、いそがしく上下左右に歪《ゆが》みながら、その間から不明瞭《ふめいりよう》な発音で、下品な端的な言葉を吐いた。

「少し辷ってから話しましょうよ」

「そうしよう」

清掃時間がおわってスケータア・ワルツがはじまった。人々は、不自由な縛《いまし》められた日常の動きから俄《にわ》かに解き放たれ、氷上へ群がって辷り出た。そしてフェンスの真鍮《しんちゆう》磨きの連中は、飽きもせず、又忠実に真鍮を磨きはじめた。

かすみと知恵子は手を握り合って辷った。うまく平衡がとれているときは、お互

い の手袋の指がやわらかに組み合わされている。ちょっと平衡がそこなわれると、一方の指がぴんと硬直して、鉄の指のようになって慄《ふる》えてくる。そうなる度数は知恵子のほうが多かった。

二人はそんなに下手でもなく、同時に巧くもなかった。ときどき横目で、足を交《こう》叉《さ》させたりしてすぎるヴェテランのかがめた腰を、うらやましそうに眺めて走るが、それでも一周十五秒しかかからない。二三周すると、知恵子が先に立って、フェンスの外側の黄いろい椅子に崩れるように腰を下ろした。足の頑固な抵抗から自由になるこの坐《すわ》り心地はすてきだった。

ほんの二三周で汗ばんだ頰に、足もとから吹きあげる氷の風の寒さがしみた。

「私から先に言うわ」と知恵子が、「私、あなたに嘘をついていたの。あなたの家のパーティーで、牧さんにデイトを申し込まれたのよ。私すぐ、家《うち》は晩ごはんの時間までには帰らなければならないむつかしい家だと言ったの。そうしたら、僕も安月給取りだからそれは有難いけど、じゃあ会社が退《ひ》けたあとは会う時間がないから、せめて昼休みに会いましょうって。……それでね、きょうお昼休みにデイトして、ダンスへ行ったの」

「呆《あき》れた」とかすみは自分のことは棚にあげておどろいた。「あなたって、大人しそうで、何て早業なの。それにあの、いつもぼやぼやしている眠たそうな牧さんが、……まあ、信じられないわ」

「あの人、お昼休みには、そんなに眠そうでもないわよ。それにあの人何て大男だろう。ダンスすると、私あの人の顎《あご》までの背丈だわ」

「呆れた」

とかすみはスケート靴のエッジを叩《たた》き合せて歯ぎしりのような音を平気で立てながら、ひたすら呆れていた。

「いや、そんな音立てないで！」と知恵子はワルツの音楽に消されがちなその音を容赦しないで、はげしく耳をおおって叫んだ。「あなたって変ね。デリケートかと思うと、平気でそんな不協和音を立てるんだもの。それはきっとあなたが不幸だからだわ。ひどく不幸だからだわ。顔を見れば私にはちゃんとわかるんだから」

これはほとんどヒステリックな叫びに紛らして、言い出しにくい友情を吐露したようなものだった。そう言われると、かすみは氷上の風のために、頬が一そう冷たくなるのを感じた。スケータアの群は左廻《まわ》りに変って、目の前を、沢山の脚が夢の中のような速度ですぎるのを、かすみはぼんやり眺めた。

『私は不幸だわ。どうしてだろう。とても不幸だわ』

熱でも出て来たような気がして、かすみは手袋のままの手を自分の額にあてた。目の前で突然、黒いスウェーターに黒いズボンの少年が転倒した。かすみは不自然なほどの動悸《どうき》がして、氷上に倒れた黒いスウェーターの背中を見詰めた。何だか自分の心がぱったり倒れたような気がしたのである。

　すると黒い背中はむくむくと起き上り、氷の鏡の投影から身を離して、照れ臭そうな笑いで周囲を見まわしながら、手を背中に組んで、氷の粉をきらきらとズボンにつけたまま、何事もなく又滑り出した。

「どうしたのよ一体。言ってごらんなさいよ」

「実はきのう景ちゃんと会ったのよ」

「景ちゃんって？」

「あなたの又従兄《またいとこ》じゃないの。忘れたの？」

　――それからかすみは、自分でもかなり頭のよい筋道の立った話し方だと思って、一部始終を親友に打明けたが、これにはもちろん、氷枕にどうしても空気が入ってしまうように、彼女自身の主観的な意見がいっぱい詰っていた。

　知恵子はいつにない大人びた顔をして黙っていた。赤い革の手袋を脱いで、それを一つに束ねて、可愛らしい鼻柱を軽く叩きながら、考え深そうにこう言った。

「そりゃあ立派に恋愛だわ。あなた景ちゃんを愛しているのよ」

「そんな粗雑な割り切り方はごめんよ。そんな意見をききにお知恵に打ち明けたんじゃないわ」

いつもの二人の立場が全く逆転してしまったのにかすみはいらいらしながら、女子大生らしく冷静な言葉づかいで反撃した。

「あら、どうして？　愛しているに決っているわ」

「どこにそんな証拠があるのよ。私の話をまるで上の空できいていたんでしょう」

「証拠って、そうだな、いいことがあるわ。かすみ、それじゃ景ちゃんの無礼と無責任の仕返しに、景ちゃんの行跡をみんなお父様に云いつけることができて？」

「それはできないわ」

「そら御覧なさい。それができないのが恋の証拠よ」

「何言ってるのよ。云いつける云いつけないは、人間の信頼の問題じゃないの。私、一度言わないって約束したことは、死んでも言わないだけだわ。それが恋愛と何の関係があって？　そんなの理屈にもならないわ。え？　一体何の関係があって？」

息せき切って言うかすみの目は光り、声はますます鋭いのに、言葉を裏側から支える力が、砂時計の砂のように、みるみる崩れてゆくのをかすみは感じた。今自分の喋《しゃべ》っている言葉は、語気こそ強けれ、力のない紙屑《かみくず》が路上を舞っているようなものだということを、よく知っているのはかすみ自身だった。

11

かすみは決して知恵子の言葉を肯《がえ》んじなかった。あんなぐうたらな無責任な青年に、恋をしているなどということがあるべきではなかった。しかしときどきかすみが教育的な見地に立って、どうしたら沢井に女蕩《おんなたら》しの生活をやめさせることができるかと考えるとき、(それは多く夜床に就いてからの考えだったが)、眠るとも覚めるともつかぬあいだに空想が飛躍して、妙な解決を編み出すことがあった。

『それにはあの人が、裏面の生活を探り出されたら絶対に不利だというような状況に、追い込まれる必要があるわ。そうすればいくらあの人だって、ピッタリ悪い癖が治ると思う。でもそのためには、そういう状況を、あの人が喜んで受け入れなければならない。放蕩《ほうとう》とそれとを秤《はかり》にかけて、どうでもそのほうへ傾かなければならない。……そこで誰があの人の裏面を探り出そうとして熱心に活動するだろう？それはきっと私立探偵だわ。……お父様の依頼した秘密探偵、それも結婚調査のための……』

そこまで考えると、かすみは自分の考えをごまかすように、頭がモウロウとして来て、自然に眠りに入るのだが、夢の中では、俄然《がぜん》その秘密探偵が活躍した。探偵は正義の味方月光仮面みたいな銀いろの仮面をつけ、白いマントをひるがえして、夜の街のいたるところに出没した。彼は見えない馬に乗っていて、終電車の通ったあとのしんとした車道に、遠くから蹄《ひづめ》の音をひびかせた。気がつくと追われているのはかすみで、仮面の男が彼女を抱き上げて、無理強いに馬に乗せる。かすみが身をもがく。探偵の仮面が落ちる。するとそれは沢井の顔になった……。

「なんだ！　大学生にもなって子供らしい夢！」とかすみは目がさめて大声で笑うのだが、そう言って笑っているのもまだ夢の中だったりした。

春休みはこんな二重底の夢に明け暮れる憂鬱《ゆううつ》な気持で過ぎた。一週間あまり沢井から電話がなかったので、とうとう彼女は会社へ電話をかけて沢井を呼び出した。これは恋しているなら屈辱的な振舞というべきだが、ただの友情なら何でもない筈《はず》だった。沢井と会うと、かすみは陽気になり、恬淡《てんたん》になり、又新らしい彼の情事をきき出し、今度は大人ぶった忠告を与えたりした。彼も女の意見を大いに尊重した。女でなくては女心はわからない筈だから。かすみは恋愛についての、いっぱしの博士のような口をきいた。

「そういうとき、女はあなたを憎んでいるようなふりをしているだけで、実は愛しているのよ。景ちゃんだって映画や小説を見てて、それくらいのことがわからないの？」

「そうかなあ」

「そうかなあじゃないわよ。その人があなたに意地の悪いことをポンポン言うとき、あなたの『いやだなア』っていう顔を見て、むこうのほうがもっと深く傷ついているんだわ」

「そんなら言わなきゃいいじゃないか」

「それはどうしても『いやだなア』って顔を見たいからよ。それを見なければ、その人とあなたとのつながりが、はっきりつかめないからなのよ」

こんなことを言っているときのかすみは、天晴《あっぱ》れな心理学者だったが、さて沢井と別れて一人になると、自分の心理も沢井の心理も雲をつかむようになってしまうのであった。

新学期がはじまったので、かすみの気持も少し紛れた。

葉桜のころになって、ある日かすみは、会社が退《ひ》けた沢井と喫茶店で待ち合わせた。沢井が急に話があると連絡して来たからである。このごろ二人の連絡は巧みになり、親切なおばさんのいる小さなコーヒー店で、電話連絡をして待ち合わせるようになっていたので、自宅や会社へ電話をかける心配は要らなくなった。そこのおばさんはかすみと沢井を全然恋人同士だと思っていた。

今日見る沢井は、いつにない陰気な顔をしていた。

「何の話なの？」

「いやな話さ」

「こんなところでなく、どこか静かなところで話さない？」

「それがいいや」

「どこにしようかな」

かすみはすずろに卓上の週刊誌をめくっていたが、何だか貧相な小説家が犬を連れて散歩をしているグラヴィア写真が出ていて、

「自宅から歩いて一二分のところなので、私はよくここの公園へ散歩に来て、起伏の多い遊歩道を辿《たど》りながら、構想を練ることにしている。静かな閑散な公園の散歩から、かくて思いもかけない波瀾万丈《はらんばんじょう》の時代物の構想が生れることも稀《まれ》でない。……」

などと書いてあるのを読んで、

「ここがいいわ。この有栖川宮《ありすがわのみや》恩賜公園っていうのまだ行ったことないけど」

「ああ赤十字病院の隣りだろ。僕、おばさんが入院してるとき行ったことがある」

「誰が入院してたか知れたもんじゃないわ」

——沢井は妙にそわそわしていて、すぐ喫茶店を出て、タクシーを拾った。

二人が公園の入口を入ってゆくとき、空ははや暮れかけていた。中の島をうかべ

た池のおもてには、枯れた薔薇《ばら》のような色の夕空が映り、散歩に連れ出されて築山《つきやま》の繁みを走りまわるスピッツ犬の白が目立つようになっていた。

思えばかすみは、沢井とこうして夕暮の公園を歩いたりするのがはじめての経験で、そもそも男とこんな時間に公園を歩くのは生れてはじめてだった。いつも沢井と会うのは喧騒《けんそう》な街中に限られ、会話には決ってレコード音楽の伴奏がついていた。レコード音楽は二人の会話を却《かえ》っていつも事務的にし、こまかい感情のひだをならして、すべてを冗談にしてしまうのだった。

沢井は勤め人らしい薄青の背広に紺のネクタイをきちんと結び、学校のかえりのかすみは二三冊の本を抱えて、千鳥格子のタイト・スカートにレモンいろの半袖《はんそで》のスウェーターを着ていた。これはどう見ても、恋人同士の姿だった。

平たい木の八ツ橋と、更にむこうにみえる支那《しな》風の石の眼鏡橋とが、こちらの平坦《へいたん》な岸から池を渡って、むこう岸の山へのぼってゆく道を示していた。したたるような木々のみどりは、夕空の淡い夕映えをうけて、何か陰気に花やいでいた。

「何の話？」

とかすみはきいた。常の沢井とちがって、答は軽快に返って来なかった。

「今、僕、憂鬱なんだよ。結婚してくれなければ死ぬっておどかす女がいるんだ。銀座の洋品屋の女の子なんだけど、僕はもう飽き飽きしているんだ。別れたいんだけど、そんなへんなおどしをかけられると、ますますイヤ気がさす」

「いつもの景ちゃんにも似合わない不手際ね」

「そうなんだ。この子だけはまずったんだ。僕の勤め先がわかっちゃったんだ」

「どうしてそんなヘマをしたの」

「僕がちょいちょいその店でネクタイなんか買っていて、その子と冗談口をきいていて、そのうちに出来ちゃったんだけどな。その子はずっと僕の勤め先なんか知らないふりをしていた。ところが別れ話を持ち出してから、あなた大海電気の秘書課の人でしょ、なんて言い出したんだ。そういえば一度、その店でぱったり大学の先輩に会ったことがある。これが小さな会社の社長で、やはりこの店のひいきなんだな。女の子がその男に僕の身許《みもと》をさりげなくきいたらしいんだ」

「そりゃあ本当にまずいわね」

二人は話しながら段を上って、かなり高いところへ来ていた。そこにも橋があり、大きな岩組の谷間の上にかかっている。水はこの谷を流れ下りて、さっきの池へ注《そそ》ぐのだが、谷川の水は今は涸《か》れていて、大きな岩の面《おもて》は薄暮に白く乾いている。

二人は吊橋《つりばし》を模したその橋の上から、来し方の池のおもてを眺めた。池に映る初夏の夕空はここから見下ろすと、その淡紅と残る浅黄いろとが、微風に揺れる水のおもてをなまめかしく見せていた。繊細な枝々に若葉をつけた樹々の影を、梢《こずえ》から根のほうへ、微風の波紋がたえまなく襞《ひだ》を動かしていて、樹々はあたかも一息毎にやさしい吐息を総身に波打たせているかのようだった。しかしその投影も緑は黒ずんで、すでに影絵だった。

公園の塀のむこうをバスが鈍重な屋根だけを見せて通った。その後尾につけた紫の灯《ひ》がくっきりと光って見えた。

「日が暮れる。なんていい景色」

とかすみは独り言のように言った。

「いい景色だね」

と沢井は力なく応じた。

「何も心配することないわ。女って死ぬというときに本当に死ぬ人なんていやしないわ。おどかしだけよ」

「そうだといいんだが、彼女ばかに真剣なんだよ」

「あなたの己惚《うぬぼ》れだわ。景ちゃんみたいな浮気者に誰も真剣になんかなれやしなくってよ」

これはかすみにも似合わず主観の入りすぎた意見だった。

二人は橋を渡りきると、さらに登って、平坦な広場へ出た。コンクリートで生木を模造したベンチが並び、中央に水呑《みずの》み場があって、小さい水柱をあげていた。べンチの二つは、すでに恋人同士に占められていた。

二人はベンチに腰を下ろした。夕ぐれの都会の遠い騒音が、ここではかすかにまざり合った柔らかい音になって、空気の中に漂っていた。蛍光灯の外灯が灯《とも》した灯はもう鮮やかに見えた。

「君に話したら、すこし気分がすっとしたよ、かすみちゃん」

と腰を下ろして、はじめて日頃の快活さを取り戻したついでに沢井はかすみの髪に軽く手を触れた。

かすみは邪慳《じゃけん》にその手を払いのけて、声だけはやさしく言った。

「そんなこと、お願いだから、しないでね」

「怒るなよ。無意識にしたんだから」

「ごめんね。不潔な手でさわられるの、いやだったの」

「君は何を怒ってるんだ」

そうして心配そうに覗《のぞ》き込む沢井の目つきはあんまり毒がなくて、かすみはそれ以上意地悪をする気になれなかった。

「僕たちはへんな友だちだね」

と沢井が溜息《ためいき》をついて言い出した。

「何故？」

「何故って、僕たちは、友達としちゃあ、何か常規を逸してるよ。親切すぎるか、意地悪すぎるか、明けっぴろげすぎるか、……僕の態度のわざとらしさも、何となく僕にはわかっているんだ」

「あら、あなたはちっともわざとらしくないわ。自然のままだわ。景ちゃん、私に遠慮したことなんてあって？　私だって、遠慮させるようなことを一度でも言って？」

「そりゃあそうだけど」

永い沈黙のあとで、沢井はぽつりと言った。

「そりゃあそうだけど、僕たちは何か嘘をついてる」

「それじゃあ、今までの話みんな嘘？」

「嘘かもしれないよ」

又、沢井は、夢の中の動作のように、かすみの髪をなぶった。今度はかすみも、なすがままに委《まか》せたが、急に高くなる動悸《どうき》に困っていた。

「へんだわ。今日の景ちゃんって本当にへん。心配は心配、悩みは悩みなりに、手の上に置いた石ころみたいに扱わなきゃだめじゃないの。へんな飛ばっちりは困りますですよ。（とかすみはわざとおどけて）、それじゃないと、私だってへんになっちゃうわ」

言っているあいだ、目はすっかり暮れた森へまっすぐに向けていたので気づかなかったが、沢井の唇は、いつのまにか、かすみの唇のすぐそばに来ていた。あら、と思ったら、反対側の肩に沢井の手の力がかかっていて、もう接吻《せっぷん》されていた。

かすみは、生れてはじめてのこの接吻を、何だか自分から先にしてしまったような羞恥《しゅうち》で、すぐ引き離した。実際のところ、接吻したのは沢井だったのに、かすみは、この瞬間に、何ヶ月にわたってこの接吻へむかって歩いてきていた自分の姿を、ひどくいとおしく思い描かされてしまった。

それから二人は黙った。頑強に黙った。あたりはほとんど夜になった。二人がおのがじし見つめていたのは、広場の中央の水呑場だったが、その小さな水柱だけが、いつまでも夕闇に抗しているのである。それはごくささやかな、かよわい水柱で、微風にもよろめきそうになる。それでいて、小鳥の羽ばたきほどの水音を立て、しらじらと光っていて、その水柱のまわりだけが、いつまでも暮れ残っている感じがする。

「何を見ているの？」

「あの小さな噴水」

とかすみは言った。彼女は自分の頬をあの水柱で冷やしたいと思った。

「僕もだ」

それでまた黙ってしまった。

かすみが耐えかねて言い出した。

「ねえ、さっきの女の人の話ね」

「よせよ、今、そんな話」

「よさないわ。その人から逃げたければ、いい方法があるわ。手術をするのよ。その時は可哀そうでも、あきらめをつけるには一等いい手術……」

「何だい、それ？」

「結婚しちゃえばいいのよ、あなたが、……別の人と」

「………」

かすみは小さな声で附加えた。

「たとえば私と」

12

咄嗟《とっさ》の間に出た小さな呟《つぶや》き、水呑場の噴水のほとばしりのように夕闇のなかにさやかに吹き出した呟きが、明白な求婚の言葉になっていることに、かすみが気がついたときは遅かった。かすみは全くそんなつもりじゃなかった。それは何だか、その瞬間彼女に憑《つ》いた小さないたずら狐が、彼女の口を借りて言わせた言葉のようだった。

よくこんな経験があるものだ。十年も二十年も前に、たとえばピクニックに行って、一人だけ群を離れて、小滝や野の花の茂みのある静かな一劃《いっかく》に出てしまう。そのとき何となく、意味もなく口をついて出た言葉が、十年後、二十年後になって、何かの瞬間に、再びふっと口をついて出てくるのだ。すると永年小さな謎の蕾《つぼみ》として眠っていたその言葉が、今度は急速に花をひらき、意味を強く帯び、人生のその瞬間を決定する、とりかえしのつかない重要な言葉になってしまうのだ。

そういえば、たしかに昔、かすみは、

「たとえば私と」

という言葉を、どこかでこっそり呟いたことがあるような気がする。子供のころ、光沢紙に赤と金の王や王妃をえがいたトランプをやっていたとき、一緒に遊んでいた男の子に、何かの加減で、

「たとえば私と」

と言ったかもしれない。

近郊の養魚場へ遠足に行ったとき、初夏の水が透明なたわみを見せて湧き立つほどに、川魚のひしめく背鰭《せびれ》でいっぱいになっているのを見て、友だちと何かあらぬ話をしながら、口にはチョコレートをふくみながら、

「たとえば私と」

と稚《おさ》ない口調で言ったかもしれない。

――それが忽《たちま》ちよみがえって、クロスワード・パズルにぴったりはまった言葉のように、沢井の前で出てしまったのだから、かすみはまるで自分に責任がないような気がした。

闇に半ばひたされた沢井の顔を、もうかすみはじっと見ている勇気がなかった。

彼は一瞬、弾丸に射たれた人のような、無心の、ぼうっとした顔をしていた。

やがてかすみは耳もとに彼の吐息をきいた。これは「やれやれ」という吐息でもなく、がっかりした溜息でもなく、初夏の宵闇に醸《かも》された熱い酒のような吐息で、かすみは耳もとにありありと青年の熱い燃えている体を感じた。

「本当かい？　からかうんじゃないだろうな。君と結婚できるなんて」――彼はひとりごとのようにそう言っていた。それから急に声が変って、どしんとかすみの背を叩《たた》きながら、こう叫んだ。

「よし、結婚しようや！」

かすみは思わず前へのめりそうになって体を支えた。沢井の言葉ははっきり耳にきこえていたが、何だかすべてが、現実に起ったこととは思えない気がした。

あたりには何の物音もせず、水呑《みずの》み場の噴水のかすかな水音もきこえなかった。

深い木叢《こむら》の闇が二人を包んでいた。外灯の蛍光灯の青い冷たい灯《ひ》を目尻《めじり》に感じて、

『あの冷たい光りが、こんなに熱くなっている私の頭の氷枕だわ。あの灯を枕にして寝たら、どんなに気持がいいでしょう』

と、かすみはあらぬことを考えていた。そうしているうちに、やっとふだんのかすみが戻ってきた。はじめて沢井の顔を見る勇気が出た。

「なんだか、そんなの、説明不足だわ」

「君のだって説明不足だぞ。こんなことに説明なんか要るもんか」

「だって……」

そう言いかけたとき、たちまちかすみの口は沢井の唇でふさがれた。

この生れて二度目の接吻で、かすみははじめて、体が熱い気体になって蒸発してゆくような気持を味わった。それは今まで何事にも客観的であろうとしていたかすみの、その客観を打ち砕く力だった。彼女の心は、少しも相手を批評していなかった。

……そんなかすみの心は、急に熱せられると、容易に自分の判断を失ってしまった。彼女は、はげしくふりすぎるブランコに乗っているような危険をもかたがた感じていたが……。

『これで一生が決まるんだわ。これ以外に人生に何があるだろう。目をつぶって飛び込むこと以外に』

そう思ううちに沢井の唇はかすみの唇を離れた。

公園へ入るときはただの散文的な友だち同士であったのに、二人が公園を出てきたときは、もう立派な恋人同士になっている。まるでそれは魔法の公園だった。ほの暗い入口の車馬止の杭《くい》のところで、沢井はかすみの肩を抱いて、公園の内部へもう一度ふり返った。

若葉の匂いが闇のなかで一そう強く感じられた。そこからは奥へゆくほど高まってゆく公園の重い緑の量がたっぷりと重なって見え、ところどころの外灯が、そこだけ石段の一部を白く浮き上らせていた。眼鏡橋の下のほうには、木かげに外灯のあかりを反射している池水がほのめき、水音はきこえないが、鯉の跳ねたらしい荒い波紋が光った。しんとした夜の散歩道を、幽霊のように恋人たちが歩いていた。そして奥のほうの築山《つきやま》の上の空には、漂う夜の雲のまわりに、星がたくさんきらめいていた。

「この公園は全く変だな。忘れられない場所だ。ねえ、そう思わないかい？」

と沢井が言った。かすみは肩にかかっている彼の掌の重みを、果樹が自分の枝に生《な》っているゆたかな果実の重みを感じるように、感じていた。

「本当だわ。この公園を通り抜けて、私たち変ってしまったみたい。別の国へ来てしまったみたい」

「それが全然変っていないのかもしれないよ。今までは自分で自分に気がつかなかったんだ、お互いに。……必ずしも公園のせいじゃないさ」

「公園のせいにしときましょう。そのほうが……」

「そうだ。そのほうが負け惜しみの口実にはなる。僕の負け惜しみのね」

沢井のこんな註釈《ちゅうしゃく》のつけ方には、女心に対する彼のいたわりがありありと現われていた。


——二人は自動車の交通のはげしい、歩道のない道を六本木のほうへ歩きだした。見るものすべてがかすみにはめずらしかった。本当に別の国へ来てしまったようだった！　日頃は何とも思わない本屋や洗濯屋や果物屋の店先が、きらきらとまばゆく、新鮮に見えた。洗濯屋の店先で、アイロン台の上にいそがしくアイロンをかけている三人の若い衆たち、そのアイロン台の白、シャツの白、そこから上るさかんな湯気、アイロンの鋼鉄の光沢も、手先に機敏に扱われるワイシャツやシーツの乱舞も、何か外国の一都会の情景のようだった。果物屋のおびただしい柑橘類《かんきつるい》やマスカット葡萄《ぶどう》も、今チューブからひねり出したばかりの絵具のようにあざやかな色をしていた。果物の堆積《たいせき》はしかも、しんとして、冷たくて、ひどく人工的に見えた。

店の奥の鏡の中をよぎる自動車のヘッドライトまでが、妙に神秘的に美しいつかのまの光りにみえた。

『私はこんなに幸福なのに、どうして世界がこんなにはかなく見えるのだろう。すばらしく鮮やかで、しかも手をふれたら忽ち掻《か》き消えてしまいそうだ』

とかすみは思った。しかし組んでいる沢井の腕の暖かみだけは本物だった。

――かすみがやっと我に返ったのは、ひろい駐車用の前庭を控えた中華料理店へ入って、二百坪ほどのまっ四角の芝生の庭に面したテーブルに案内されて、いかにも中華料理屋風の、何の趣きもない明るい電灯の光りに照らされたときだった。暗い庭にはパーゴラの桟へかけつらねたけばけばしい紙提灯《かみちょうちん》が揺れていた。それはもう多分夏の支度だった。しかしちぢんだりのびたりしながら灯《とも》っている提灯は、そのいかにも水に溶け消えそうな五重塔や赤い鳥居や霞《かすみ》や杉木立の絵と共に、梅雨を越すことはおぼつかなく思われた。

「家《うち》へ電話して来るわ」

「早速報告かい?」

「まさか。おどろいた。あなたって何て楽天的なの」

この一言で沢井がショックをうけたような顔つきになったのが、かすみは得意だった。かすみはこれから自分が勝利の道を堂々と邁進《まいしん》する鍵《かぎ》を握ったような気がした。

しらずしらずに、かすみは外出や、夜外で食事をする言訳がうまくなっていた。今夜からというわけではなく、いつのまにか変貌《へんぼう》していた。あんなに家庭や両親を呪《のろ》いながら行動は小心で引っこみ思案だった昔のかすみは、少しずつ脱皮しかけていた。第一電話で嘘八百の言訳をしながら、何ら良心に咎《とが》めていなかった。母の電話の声が、

「そう？　お友達と五人でサンドウィッチの晩ごはん？　銀座で？　まあ呆《あき》れた。家へかえれば御馳走《ごちそう》が一ぱいあるのに。それから映画ですって？　まあ、それはいいから、映画がおわったら又電話を頂戴《ちょうだい》よ。何もお母様は遊んじゃいけないと云ってませんよ。居処をその都度ちゃんと知らせてくれればいいの」

母はそうなると、妙に下手《したで》に出る癖がついてしまっていた。

テーブルにかえってきたかすみは、いきなり、

「さあ、これで安心。でも御飯がすんだら映画館の入口でプログラムを買ってこなくちゃ……」

と独り言みたいに言った。

「何を呑気《のんき》なこと言ってるんだ。それよりさっきの話、今日でも明日でも、君の御両親に申し込みに行ってもいいんだぜ」

「あなたこそ呑気だわ。そんな簡単に行くもんですか。私に委《まか》せておおきなさい」

かすみはやっと、いつもの沢井の軽率さをたしなめる姉のような態度をとり戻した。

そこへ料理と酒が運ばれてきた。

「乾杯しよう」

「まだ早いわ」

沢井はいつにない真剣な目つきで、半ば伏せた顔から目だけを上げた。顔の下半分の陰翳《いんえい》が、もともと明るい彼の丸顔に、悩みに充《み》ちたようなまるきり別の外見を与えた。

『この顔だわ、私の好きな顔は。東京駅で見たこの人の顔もこれだった』

沢井はその暗い顔つきでぽつりと言った。

「じらすのかい? それともいやなのか?」

「そうじゃないわ。でもこれから私のする話は、あなたが本気だということが前提なのよ」

冷静になったかすみの口調には、恋人というには少しきめつけるような調子がまじっていた。

「本気さ」

と沢井は言下に言った。

「そんなら話すわ。家の父は結婚の相手をうかうか決めるような人じゃないわ。そりゃあ慎重なんですもの。沢井さんは一応花婿候補だと父も思っているらしいわ。でも問題はそれから先よ。……父はいつも言ってるの。『家へ来る青年はみんないい青年ばかりだから、お前がその中から選ぶのはいい。でも特別な感情を持ったら、すぐお父さんに知らせてくれなければ困る。そうしたらお父さんが、その青年を徹底的に調べ上げて、お前の幸福を確保できる人間であることがよくわかるまではOKしないぞ』って、こうなのよ。そうしたら……」

とかすみは、狙っていた効果を確かめるために、念入りに片目をつぶってみせた。

「……そうしたら、今まで私があなたからきいたことは皆どうなるの？」

「おどかすなよ」

沢井は冗談めかして言ったが、その顔は冗談を言っている顔ではなかった。

「本当にどうなると思って？」

「君がみんなそれをおやじさんに喋《しゃべ》るっていうんじゃないだろうな」

「ふふ」とかすみは含み笑いをして、「もしそうだったらどうする？」

「おい、君は真面目なのか。僕がこれほど真面目に話してるのに」

沢井の目が光って、彼の顔が怒りに緊張するのが見られた。彼をとうとう怒らせたと思うと、かすみは背筋が寒くなるような快さに酔った。

それでかすみは黙っていることにした。

二人はしばらく一枚硝子《ガラス》の扉のそとの、風に揺れている提灯をぼんやり眺めた。そのとき、庭のむこうから夜間飛行の爆音がきこえて、赤と紫の翼灯が提灯のあいだをゆっくりと横切った。それはふしぎな幻想的な光景で、地上の生活と、今夜空をゆく旅客機の中の人たちの生活が、小さな色とりどりの灯の接点でまじわるかのようだった。かすみは、自分の未来の生活と現在の生活が、そうしてつかのまに、風に揺れる絵提灯のあいだに交わって、きらめいて、消えるのを見る気がした。今夜、柄にもなく、彼女は人生派だった。空想が湧き立っている状態でいて、しかも人生派だった。

しかしかすみが完全に恋に酔っていたと言っては嘘になる。かすみの頭は一方では、さめかけて生れてくるいろんな疑いを、けんめいに押えつけていた。それは灯のまわりに集まる灯取虫《ひとりむし》よりもおびただしい疑いだった。

『この人は本当に私を愛していたのかしら？　結婚しようというあの二つ返事は、ほんのお座なりじゃないかしら？　御座なりでなければ、ふとした気まぐれではないかしら？　愛していたら、パーティーの明る日のことだって、私に対してあんなに残酷な態度をとれた筈《はず》がない。それともすべては、私を引っかけるワナだったのだろうか？　冷たい愛の技巧だったのだろうか？　それにうまうま私が引っかかっただけのことなのだろうか？　でも、残念なことをした！　たとえ嘘でも結婚の申込はむこうからさせるべきだったのに、私から言い出してしまったなんて！……でもあれは私の呟《つぶや》き、小さな独白にすぎなかったんだわ。それをガッチリつかまえて結婚を申し込んだのは、結局むこうなんだわ。そんなら何をクヨクヨすることがあるでしょう』

――沢井はこんなかすみの思惑にはかまわずに、自分の心配事に熱中していた。日ごろ健啖家《けんたんか》の彼が、ほとんど料理に箸《はし》をつけなかった。

「それにはどうしたらいいんだ。いやだなア。秘密探偵でもつけられたら」

「秘密探偵なんて生ぬるいわよ。私、こんな話きいたわ。何代か前の警視総監のお嬢さんが、美人のくせに、どうしてだか縁遠かったんですって。何故かっていうと、お婿さんが決りかけるたびに、お父さんが部下の刑事を大ぜい張り込ませて、お婿さんの朝から晩までの生活を監視させるんですって。それでどのお婿さんも怖れをなして逃げてしまうんですって」

「おいおい、君のおやじさんは警視総監かい？」

「精神は警視総監以上よ」

「じゃどうすればいいんだ」

かすみはこの言葉を待っていた。返事はすぐ用意されていたが、ゆっくりと相手の混乱をたのしんだ。

「じゃ、私にみんな委せる？」

「君に委せてどうするんだ？」

「いろんな手を打って、父にあなたを絶対信頼させちゃうわ」

「大丈夫かな」

「委せておおきなさい。調査の裏をかくのよ」

この断言はいかにも成算ありげだったので、沢井はもうそれ以上念を押さなかった。そして気弱そうに一言つけくわえた。

「頼むぜ」

「その代り、一つ条件があるの」

「何だい」

「これからあとも、結婚する前も、結婚してからも、今までどおり、私には絶対に何一つ隠し立てしないこと。どんなことでも打ち明けること。いい？」

「いいとも」

「そんな安請合はいや」

「高請合だ。大丈夫、約束するよ」

「ほんとね」

二人は、テーブル・クロースの下で手を握り合った。すると沢井は現金にカオ・ヤー・ズをぱくつき出した。

——そこの店を出ると、かすみはもうむつかしい問題を持ち出さなかったし、沢井の気持もすっかり楽になったらしかった。少し酔った彼は、往来の電信柱に抱きついて、

「善はいそげだ。あした結婚したいな。いや、今日でもいい」

と大声でわめき立てた。

パトロールの警官が近づいて来たので、かすみは恥かしい思いをしたが、眼鏡をかけた弱そうな警官は、沢井の体のまわりを遠まわりして避《よ》けて行ってしまったので、二人は顔を見合わせてクスクス笑った。

そこは、焼址《やけあと》の塀がそのまま残っている暗い道で、歩道のない路上を、二人のかたわらをすいすいと車がすぎる。ヘッドライトが、斜めに切り込んで来て、眩《まぶ》しく二人を照らした。

「おいでよ」

と電信柱のかげから沢井が呼んだ。

「何？」

かすみが近寄ると、彼は目をあげて、上のほうまでつづいている三角釘《くぎ》の足場を指さした。そのてっぺんには、星空が電線と一緒に風に揺れていた。

「これ、登れるかい？」

「登ってどうするの？」

「ジャックの豆の木さ。天まで行っちゃうぞ」

沢井が登りかけたので、かすみはあわてて引きとめた。その瞬間、かすみは何故だか、ずっと押えつけていた記憶に、トゲのようにさわった。沢井が結婚してくれなければ死ぬとおどかしている女の話である。遠い記憶のように思われるのに、さっき公園できいたばかりの話だ。

かすみの眉《まゆ》をよぎった憂鬱《ゆううつ》そうな影にすぐ気がついて、沢井はまた、彼女の肩を引き寄せて接吻《せっぷん》した。その酒の匂いが、かすみは少しもイヤではなかった。

――それから二人は都心の映画館へ行って、沢井が切符なしでどんどん入口を入ってゆくのを、かすみは見送りながら、外で待っていた。

「お切符は？」

と青服のモギリ嬢がきいていた。

「いや、いいんだ。一寸《ちょっと》プログラムを買いに入っただけだから」

と沢井がいかにも軽い調子で言うと、モギリ嬢はその屈託のない笑顔を見て、いたずら小僧を放任するように、ちょっと苦笑をうかべただけで咎《とが》めなかった。そのいかにも軽い応対、やさしい図々しさ、とっつきのよさが、かすみには気に入らなかった。

「はい、プログラム」

と出て来た沢井が彼女の手に渡して、

「面白い映画だったね。中ごろが一寸退屈だったけど」

とおどけたが、自分の気持にかまけているかすみは、日頃のたしなみにも似合わず、

「ありがとう」

と言うのを忘れてしまった。

13

あくる日の講義は午前中だけだったので、一旦《いったん》家へかえったかすみは、急に何となく兄の正道のアパートを訪ねる気になった。もちろん昼間は兄は留守だから、嫂《あによめ》の秋子に会うのである。

母はかすみの気まぐれに呆《あき》れていた。かすみが今まで一向兄夫婦を訪ねようとし

ないので、何度母がすすめたかしれないが、その都度かすみは言を左右にして、行くかと思うと脇道へ外《そ》れて、友だちとスケートなんかへ行ってしまう。

　あまりひんぱんな外出に少々神経を尖《とが》らしていた母のかよりは、そこでかすみが兄夫婦を訪ねると言いだすと、今度こそ「うまい口実」だろうという疑いを持った。

『かすみも偉そうな顔をしていても子供だわ。ふだんちっとも行きたがらないところへ行くなどと言い出したら、親が疑ってかかるくらいわからないのかしら。よし、今日こそ、電話をかけて、もしいなかったら、帰ってからミッチリしぼってやりましょう』

　かよりは柄にもなく探偵的な気持になった。やさしい悟り切ったようなその微笑のかげに、この世間しらずの良妻賢母が、ひそかに娘にかけている夢がちらりとのぞいた。

　――かすみはすまして、明るい初夏の光りの中へ、紺と淡いピンクの竪縞《たてじま》のワンピースに、おそろいのハンドバッグを腕に提げて出かけた。新宿へおみやげの洋菓子を買いに寄った。彼女は何か整然たる気持だった。整然というのはおかしな表現だが、明るい午後の町に充《み》ちている若い群衆が、今までは何だかザワザワしているだけの不潔な重苦しいひしゃげた青春の溝《どぶ》の流れのように思われたのが、今は人生の筋道にきちんとはまって、それぞれの役割を素直に守って、一せいに、足並そろえて未来へ向ってゆくような、整然たる印象を受けたのである。そして自分も確実にその一人になった気がした。

明るい日ざしが洋菓子のガラスのケースへ容赦なく射し込むので、その店は紺と白のだんだらの日除《ひよ》けをふかぶかとさし出していた。その下へ入ると、かすみは自分の洋服が日除けの縞にまぎれ込んでしまうようで、感心しなかった。遠くの人から見たら、かすみの顔と腕だけが浮んでいるように見えるのじゃないかしら? いつにないきびしい目つきをして幸福感を我慢しているこの不安定な顔だけが。

菓子の箱をさげて、トロリー・バスに乗って、若葉の並木のかがやいている道を、ゆらゆらと千鳥足でゆくトロリー・バスの前窓から、かすみはゆく手の空に、ふしぎな恰好《かっこう》の一ひらの雲をみとめた。雲は少しかしいで、気取った婦人帽のような形をして、それをいつかかぶってくれる人を夢みながら、色褪《いろあ》せてしまったようにみえた。

『あの下へすっと頭を持って行ったら、私でもかぶれそうだわ。でもサイズが合わないかもしれない』

――今日、かすみの考えはいつもとりとめのない空想を追い、時間はすいすいと速く流れ、バスを下り、いつのまにか、兄のアパートの前に立っていた。それはバス道路から一寸《ちょっと》入った坂道の途中にあって、三階までの各フラットへ、外から階段で昇れるようになっている。その階段の踊り場が玄関口で、各室のバルコニーは、中庭に面して反対側についているのである。

おとなしい秋子はちゃんと留守番をしていた。

「あら、いらっしゃい。まあめずらしい」

とドアをあけて顔を出した秋子は、若葉の反映のせいか、やや蒼《あお》ざめて見えた。

「気まぐれで来ちゃったの」

「気まぐれでも起さなくちゃ来てくれないのね」

「まあ、すっかり変ったわ」

とかすみは部屋へ入るなり、面白そうにあたりを見廻《まわ》した。

お正月に来たころに比べると、カーテンも壁紙も新らしくなって、色彩がゆたかで、いかにも若夫婦の家らしくまとまって来ていた。最近買ったという月賦のテレビの上には、青磁いろの壺に黄いろいチューリップが一輪挿されて、それが夕食後の夫婦のつつましい平和な愉《たの》しみをくっきりと目に描かせる。『これが見たかったのだ』とかすみは思った。あの品行方正な、四角四面な兄がここにいないだけに、留守を守っている美しい秋子の姿から、結婚生活のどんな豊かな幻も湧き出てくるように思われた。

二人はかすみの携えてきた洋菓子を喰《た》べながら、埒《らち》もないお喋《しゃべ》りをして時をすごした。近ごろ見た映画の話、洋服の話、どこそこで舶来のいい生地《きじ》が格安に手に入るなどという話、……話しているかすみの関心はもとよりそこにはないのだが、そうかと云って、何のためにここに来ているのか、目的もはっきりしないのである。そのとき、卓上電話が鳴って、アパートの交換手が、かすみの家からの電話をしらせた。

「なあに？」

といきなりかすみが出て、呑気《のんき》な声を出したので、電話のむこうで母のドギマギしている様子がわかった。こういう場合、かよりは実に芝居が下手だった。

「いいえね、別に用事はないの。ただ、あなたと秋子さんがたのしそうに話しているところへ、お母様も仲間入りしたかっただけよ」

「へんなお母様」

「秋子さんを呼んで頂戴《ちょうだい》」

と照れかくしに母が言った。

秋子が出て、何の意味もないお喋りの相手をして電話が切れると、今まで明るかった秋子の顔に、かすかな影がさした。かすみはこういう美しい静かな顔がかげるのを見るのは、丁度美しい谷間の上を雲が通ってゆくのを見るときのような、はっとする感じがすると考えた。

「どうかしたの？」

とかすみが訊《き》いた。

「いいえ、別に」と秋子は微笑して答えたが、その微笑には、手をかけてぎゅっと搾り出したレモンの果汁みたいな感じがあった。「……でも話しちゃおうかな。今お母様のお電話で、私、御相談しようかどうしようか、とても迷っちゃったの。もし御相談して、何でもなかったら、ガッカリおさせしてしまうし、……お医者様に見せて、はっきりしてからのほうがいいと思って、……あなたにだけ話すのよ、こんな話」

「赤ちゃんね」

とかすみは目をかがやかせて、突拍子もない声を出した。

「ええ、でもまだわからないわ」

「ほしいの？」

とかすみは例の単刀直入的な質問をした。

「それがふしぎなのよ。ほしいのか、ほしくないのか、自分でもよくわからないの。たとえば、ハイヒールをはいたことのない人だって、ハイヒールをほしいと思うこともあるでしょう。でもそれは、ハイヒールをはきつけた人が、別の新らしいハイヒールをほしいと思う気持とはちがうと思うのよ。そういう人は、もう自分の足がはき馴《な》れたハイヒールの踵《かかと》や足の裏の感じから、新らしいハイヒールを求めている。ところが一度もはいたことのない人のほしがり方は、踵や足の裏がそれをほしがっているのじゃなくて、ただ頭と心でほしがっているだけですものね」

「それじゃあまるで赤ちゃんそのものも、頭と心だけで出来てしまうみたいだわね」

「あら、へんなこと言うのね、あなたも」

と秋子は少し赤くなった。

こんな会話が、今までになく二人の心を近づけ、かすみはかすみで、何とはなしに嫂に対して抱いていた自分の偏見を恥じた。あの秀才ではあるがまじめ一方の、一向に面白くない兄の正道に、かすみは彼の独身時代、かつて男性というものを感じたことがなかった。それが結婚後、美しい秋子を媒体にして、兄の男性というものがいやでも感じられるようになると、そこにかすみは何か秋子の美しすぎる色をした毒のある薬品のような作用を感じないではいられなかった。ところがこうした偏見が、今生れるべき子供の話をきくと、ふしぎにかすみの心の中で和められ、浄化されるような気がした。

「それじゃそのお話、お医者様ではっきりするまで、お母様には黙っとくわ」

「おねがいね」

「その代りに私の秘密も守って下さる？」

「交換条件ね。いいわ」

「あのね」――かすみは急に解放感にうきうきして、話しだそうとしたが、その瞬間に、今日わざわざ嫂を訪ねて来たのは、誰かにこのことを打明けたいという一念だったことにやっと気がついた。

「あのね。私、きのうある人から結婚を申し込まれたの」

「まあ、おめでとう、誰？」

「お嫂《ねえ》さまも一寸《ちょっと》知っている人」

「沢井さん？」

あんまり明快な当て事の答だったので、かすみはすっかり呑《の》まれてしまって、返事もできなくなった。

「何だって沢井さんだなんて言うの？」

「あの晩のパーティーで私ちゃんとわかっていたわ。あなたの目つきがちがったもの」

「へえ」

かすみは自分がそのときどんな目つきをしていたのかと怖しくなった。それが思わず独り言になって、

「どうしてわかったんだろう」

と言ってしまった。

「あら、ずいぶん無邪気な犯人ね。忽《たちま》ち白状してしまうなんて」

「それで、みんな気がついたの？　お嫂さまだけじゃないの？」

「私だけよ。安心なさい、絶対に私だけよ」

と秋子は神秘的な微笑をうかべた。かすみは、今までただの美人だとばかり思っていたこの人に、何となく畏敬《いけい》の念を抱いた。かすみは、自分が好加減《いいかげん》カンのいいほうだと思っていた自信が全く崩れた今では、カンの鋭い人をむやみと尊敬したい気持だった。

「お兄様、何時ごろかえるの」

「大体六時ね。遅くなるときは電話がかかるから。……ねえ、晩ごはんを喰べていらっしゃいよ」

「ええ、……でも」

「遠慮することなんかないじゃないの」

かすみは遠慮しているのではなかった。もっと沢井の話をしたいのに、このまま兄のかえりを待って、あらぬ話に何時間かをすごすのはやりきれない気がしたのである。

彼女は窓の下の作りつけた長椅子に斜《はす》かいに坐《すわ》って、夕暮れの中庭を見下ろした。コの字形の向うの棟もあらかた灯《ひ》をともし、暗くなった眼下の砂場では高い笑い声を立ててまだ二三人の子供が遊んでいた。庭の木立のむこうには遠く外苑《がいえん》の森が夕空を区切り、いくつかの旅館のネオンが屋根の上にせり出していた。国電のひびきが遠く伝わってきた。

するとかすみは、その電車の中で沢井が吊革《つりかわ》にぶらさがっている姿を、勤め人にしてはいささかだらしないポーズで、吊輪に手首までさし入れて吊革を乱暴につかみながら、窓外に移る灯へぼんやり目を遊ばせている沢井の姿を、インキのしみついたワイシャツのカフスまでも、はっきり思い描くことができた。それはひどく孤独な独身者の姿だったが、彼はとにかく孤独であってくれなければならなかった。

14

次の日からかすみの活躍がはじまった。

まず知恵子を抱き込まなくてはならない。きのう学校で知恵子に会ったとき、まだプロポーズの話をしなかったのも、かすみの中で問題は煮立っていて、話す段階ではないと思われたからだった。それが嫂《あによめ》を訪ねてから、かすみの心境はしんと落着いて、綿密な作戦計画を立てる余裕ができた。

　大学はずいぶん儲《もう》かる事業とみえて、かすみたちの女子大も裏手の高台を買収して、そこにコンクリート五階建の新校舎を建てはじめていた。基礎工事が進捗《しんちょく》している最中で、コンクリート・ミキサーを載せたダムプ・トラックが、かわるがわる緩慢に坂を上って来ていた。職人たちはドロドロのコンクリートを猫車に入れて運んでいた。

　そこはむかしの華族の邸跡で、戦災を蒙《こうむ》ったまま、次の持主が土地の値上りを待ってほったらかしておいたのである。工事に当ってすでに古い塀は取り壊され、砂利置場にされた庭の外れには、むかしの小さな築山《つきやま》のあとがあって、見晴らしのよいこの一劃《いっかく》が、幸いたえず工事の雑音に妨げられるので、内緒話に好適な場所になっていた。気になるのは職人たちが仕事のかたわら、時々投げてくる好奇の視線だけである。

　前以《まえもっ》て打ち合わせたかすみと知恵子は、サンドウィッチとペプシ・コーラを持って、昼休みにそこへ上った。するとすでに他の科の先客が五人もいた。しかしむこうの話は、工事の雑音のためにろくにきこえなかったので、かすみも安心してしゃべりだした。

「食品科の連中でしょう。最低ね」

と知恵子が言った。

「いつもカロリーだのヴィタミンだのって言いながら、各科で一番お化粧が濃いんだわ。一体あの人たち、ヴィタミン入りの白粉《おしろい》でも使っているのかしら」

「人の悪口なんか言っているひまはないのよ」

とかすみは、早速おとといの公園の打明け話をした。

「それ、いつのこと?」

知恵子がすぐ質問した。

「おとといだわ」

「じゃ、きのうはどうしたの? きのうは私と顔を合わせながら、何も言わなかったわね。あれ、どういうわけ?」

「ごめんね。きのうはまだ……」

「一体どういうわけよ。ばかにしているわね」

「怒るなよ。だってあなたが、前に私のことを、恋をしている恋をしているってあんまりスケート場でひやかしたから、『それごらん』と言われるのが癪《しゃく》で黙っていたのよ」

「そう? そんならわかるわ。ゆるす」

と知恵子は簡単にゆるしてしまった。

「ところで問題はあなたの又従兄《またいとこ》のことなのよ。その又従兄と私の結婚をどう思うの？」

「私、絶対反対だわ」

と知恵子はキッパリ言った。かすみにとって、この返事は当然予測される筈《はず》のものであったのに、かすみは何故だか知恵子も賛成するものと頭から決めてしまっていたので、おどろいた。

「そりゃあ又従兄と親友との結婚なら、うれしいのがふつうだわ。でも景ちゃんはダメ。あなたへの友情でいうのよ、私。あんな道楽者の偽善者なんか、恋愛の相手にはいいけど、結婚なんてとんでもないわ。見ていてごらんなさい、一生浮気の連続だから」

かすみは自分の最大の危惧《きぐ》をこうもはっきり指摘してくる友だちの思いやりのなさを恨んだ。しかし知恵子の次の言葉をきくと、かすみも、シュンとせざるを得なかった。

「浮気な御主人を持った家庭というものがどういうものかあなたは知らないのよ。うちのパパをごらんなさい。どんなに家庭を真暗にしているか……」

二人は黙って、眼下の校舎や校庭や、そのかなたの町のけしきや、国電の高架線のけしきを眺めた。校舎の一角ではバレイ・ボールをやっている。そのボールの半面が日を受けて光る。躍り上る白い腿《もも》が光る。どこの学校にもある大きなポプラが、こまかいよく光る葉を風に揺らしている。

「じゃあどうなの？　あなたのパパに対する気持は？　あなた、浮気者だからパパが好きなのじゃなくて？」

「ああ」

知恵子は軽い溜息《ためいき》をついた。

「それはそうだわ。私たちっておんなじ宿命なのね」

この嘆息があんまり大袈裟《おおげさ》だったので、かすみは笑い出してしまった。

しかし知恵子を説得するのは、かすみにとってむつかしい技術ではなかった。却《かえ》って知恵子のような、小心で優柔不断らしい女が、男を不幸にしているのをかすみは見抜いていた。一年半も前から接吻《せっぷん》一つせずに付合っていた俊雄という恋人がありながら、いつのまにか知恵子はあのパーティー以来、牧と付合っていて、自分では熱烈な恋愛のつもりでいながら、牧にも亦《また》、接吻一つゆるしていなかった。そこで知恵子は、自分では至極純粋に正直に振舞っているつもりでいて、悩んでいる男を二人作ってしまっていた。それはひょっとすると父からうけついだ精神的放蕩《ほうとう》の才能かもしれないのである。

かすみに歯痒《はがゆ》いのは、そういう知恵子が、一向自分の責任を感じていないことである。知恵子は自分のことをあくまで可愛らしい、哀れな被害者として感じている。自分のことを雨に打たれて、羽の抜けかけた、可哀そうなビッコの赤い小鳥みたいに考えている。そして決って、悪いのは「家庭」である。何でもかでも「暗い家庭」のせいにしているが、知恵子の家へ遊びに行ってみると、父親のいないことはいないなりに、それほど暗い家庭とも思えないのである。

「いいこと教えてあげるわ」と名刺ほどの薄さのハムをはさんだ売店のサンドウィッチをぱくつきながら、知恵子が無邪気な目つきで言い出した。「今夜あなたお父様に会ったら、思い切ってみんな言ってしまいなさい」

「プロポーズのこと？　ばかね、それが問題なんじゃないの」

「そうじゃないの。景ちゃんの御乱行のこと、みんな言いつけちゃうのよ。そうすれば、お父様は景ちゃんを出入り差止めにするし、もしかすると左遷させちゃうだろうし、あなたも思い切りがつくってもんだわ。又従兄を犠牲にするのは辛《つら》いけど、親友のためなら仕方がないわ。ねえ、そうしてごらん。そうしたらサッパリするから」

「お知恵って最低の身上相談係ね、呆《あき》れた。もう何も相談しない。もう今日かぎり絶交よ」

かすみは怒った顔をして突然立上った。うしろの砂利置場からスコップで砂利をすくい上げる音があたりにひびいた。

案の定知恵子は追いすがってきた。サンドウィッチの紙箱が、彼女のスカートの膝《ひざ》から草の上へころがり落ちるのをかすみは横目で見た。

「行かないでよ。わかったわよ。一寸《ちよつと》からかってみたのに、すぐ本気で怒るんだもの。……一寸ためしてみただけなのに」

「ためすなんて、失礼しちゃうわ。どうなの？　お知恵は本当に私の味方？」

「うん」

知恵子は兎のような目つきをして素直にうなずいた。

――それから二人は、沢井とかすみの結婚を前提にして、いろいろと秘策を練った。まず大学ノオトをかすみが膝にひろげ、

「㈠　父の調査を無効にしてしまうこと。

㈡　景ちゃんの行動を完全にコントロールすること」

と鉛筆で大書して、

「まずこの両面作戦で行くべきだわ」

と言った。

「具体的にどうするの？」

と知恵子は忠実な副官みたいにかすみに寄り添って、肩ごしにノオトをのぞき込みながら言った。

「この㈡のほうはあなたに委《まか》せるわ。だって、私が監督してたら、結婚するまでに、うるさがられて、きらわれてしまうもの。㈠のほうは私がやるわ。大体景ちゃんは名前も住所も知らせないで、あちこちへ手を出していたのだから、別に尻尾《しっぽ》をつかまれることはないと思うのよ。それにお家《うち》のほうの調査は、立派なお家だし、何の心配もないでしょ。只《ただ》一つ心配なのは、今『死ぬ、死ぬ』ってあの人をおどかしている銀座の店員だわ。これだけはお父様にわからないようにしないとまずいわ。その件も、お知恵、助けてね。

㈡のほうは、景ちゃんを毎日監視して、もう結婚まで悪いことをしないようにさせればいいのよ」

「ずいぶん簡単に言うのね」

もうわくわくしている眼色で、言葉つきだけは不服そうに、知恵子がそう言った。

ここでかすみの旧時代的な、利己的な一面に触れなければならないのは残念だが、例の「結婚してくれなければ死ぬ」と沢井をおどかしている女店員については、彼女はまったく人間同士という実感を抱いていなかった。こんな感情はずっとあとになってかすみ自身に復讐《ふくしゅう》を加えることになるが、その女をかすみはどうしても乗り越えなければならぬ厄介な障害物としか考えていなかった。そのためには、うんと大人の狡智《こうち》を働らかす必要があると思っていた。それはともかく安全に「処分」すべきであったのだ。

かすみと知恵子はその女店員の問題について永いこと論争したが、性格が気ちがいじみていればいるほど、沢井とかすみとの結婚を、できるだけ永い間知らせずにおくことが肝腎《かんじん》だという点では一致した。ただ困るのは、彼女が沢井の友だちや沢井の勤め先を知っていることである。彼女はどんな情報をキャッチし、どんな妨害の手に出るかしれない。そのためには、婚約期間を短かくして、できるだけ早く結婚することだ。しかし父は、かすみが卒業するまで式をあげさせないかもしれないのだ。……

あれやこれやを考えると、心配で頭が痛くなってしまうが、方策はあとで考えることにして、早く手を打つべきことは、沢井が妙に正直になって女に結婚を打明けたりしているといけないから、一刻も早く沢井に口止めをすることである。

そう思うとかすみは矢も楯《たて》もたまらず、急に知恵子の手を引いて駈《か》けだした。食品科の学生たちが、二人の騒がしい起居《たちい》にびっくりした目を向けていた。

「どこへ行くの？　どこへ行くの？」

と知恵子が大仰に悲鳴をあげた。

かすみはその手を引いたまま砂利の山へ駈け上ったので、砂利は二人の若い女の重量をうけてしどけなく崩れた。踏み込む靴を引き抜きながら、

「どこへ行くの？」

と知恵子はまだ叫んでいた。

工事現場のそばを駈け抜けるとき、若い職人がその姿に見とれて、猫車からコンクリートをこぼして監督に叱られていた。かすみは工事現場へ入る仮設の裏門を抜け、せまい坂道を鈍重に昇ってくるダンプ・トラックと入れちがいに坂を下りた。その巨大なトラックの上では、大きなタイヤが土にめり込みながら坂道を上るにつれて、コンクリートにまみれた大きな土瓶のようなミキサーがゆるゆると廻《まわ》っていた。

坂を下りきったところに煙草屋があり赤電話があった。

「十円もってる？」

とかすみが息を切らしてきいた。

「なんだ。電話なの。そんならはじめからそういえばいいのに」

と知恵子は、首に下げている大きなネックレスの、勲章みたいな飾りの蓋《ふた》をパチンとあけて、中から十円玉をとり出した。本当はここは恋人の写真を入れておくべきところだが、彼女には妙に散文的なところがあって、俊雄や牧の写真の代りに、数枚の十円玉を入れておくのだった。そこでかすみもそれをあてにして、いつも十円玉に不自由することはなかった。

「困った。今、お昼休みだわ。景ちゃんがいなかったらどうしよう」

「そんなこと考えてるより、早くかけなさいよ」

かすみは仕方なくダイヤルをまわして、

「もしもし大海電気ですか？　秘書課の沢井さんおねがいします。こちら？　田村と申します」

というと、そばで知恵子が怪訝《けげん》な顔をした。

幸いにも沢井はデスクにいた。いつもながらの屈託のない声がひびいて、

「やあ、君か。よかった。電話をちっともくれないから心配していたんだよ」といつもの会社の電話らしくなく、心情を吐露して、「気が変ったら困ると思って、生きた心地なかったよ」

「気？　全然変らないわ。それより例の自殺狂の洋品店の女の子にはね、永久にあなた独身みたいな顔していてね。そうしないと困るの。こっちはいろいろ計画を立ててるんだから」

「OK、そのほうが僕も気が楽だよ」

「でも独身の特権はなしよ」

「大丈夫だよ。閉口してるんだから、こっちが」

「今日からね私、顧問を持ったの。紹介するわ」

「コモン？」

すばやく片目をつぶって、かすみは赤い受話器を知恵子に渡した。

「私、コモンです。知恵子と申します」

「なんだ知恵坊か？　およそたよりない顧問だな」

又その受話器をかすみが横からとると、沢井が、「もしもし、早く田村さんを呼んでくれよ」と叫んでいるのがきこえた。

「私、かすみですけど」

「よせやい、声帯模写なんか。あ、かす……田村さん？　今夜六時にいつもの喫茶店で会おう」

「知恵子と一緒でいい？」

「チョッ。でも三十分で追っぱらうぜ、顧問だけは」

と沢井が言った。

15

三人が喫茶店で大学ノートをひろげて、いろいろと女の名前を書き並べて検討しながら、×をつけたり○をつけたりしている姿は、人から見たら新劇の三流劇団の配役会議とも見えたであろう。

「芸者、紅子」

これには○をつけるべきか×をつけるべきかでいろいろ討議が重ねられた。紅子はたしかに沢井の名前も身分もよく知っているが、花柳界の女は口が固いし、自分の損になるような秘密を洩《も》らす気づかいはない。それに別れ話はあのときはっきりついており、その後は一度も会っていないが、風の便りによると、このごろは某ジャズ歌手と仲良くなっているそうである。だからこれは○でよかろう。

「B子

C子

D子

T会館五階のコーヒー・スタンドで会ったE子」

等々。

これらは沢井の断乎《だんこ》たる証言で、もう絶対安全ということだから、○にしていい。残るのは、「銀座の洋品店エル・ドラドオの女の子浅子《あさこ》」である。

これはどうしても×だった。まだいやがらせの直接行動には出ていないが、沢井の結婚話をどこかから聞き伝えたら、只《ただ》ではすまぬに決っている。それにいろんな点でかすみの父の調査網に入りやすい。なぜなら大学関係の友人を探偵は調べるのが定石だが、浅子はそういう調査に、すぐ引っかかりそうな位置にいるのである。

「どうしよう」

「方法は一つだけだよ。あんまり成功の見込はないけど、彼女に今すぐ恋人を与えるんだな。イヴ・モンタンでもつれてくれれば、彼女だって方向転換するだろう」

「そこに気がつかなかったわ」

とかすみが頓狂《とんきよう》な叫びをあげた。

「やっぱりお嬢さんだな」

「ばかにしないでよ。それにはどうしたらいい？」

「知恵坊を巧《うま》く使うんだな」

「へえ、あなたにそんなプランがあったら、この間の沈みようはウソみたいね」

「あのときは本当に沈んでたんだ。ウソじゃないよ。というより、かすみちゃんへのコジれた愛情の解決がつかなくて、そっちのほうで沈んでいたのかもしれない。今はもう、景気のいい会社の決算期みたいに元気一杯だよ」

こういうときの沢井の表情は実に率直で、知恵子まで感心して、ポカンと又従兄《またいとこ》の顔を眺めていた。

「何を感心しているんだ。君がまずしげしげとエル・ドラドオへ行って、男へのプレゼントを買って、彼女と懇意になるんだよ。それから、折を見て、自分の男への片思いを打明けて、同情を惹《ひ》くんだよ。彼女は同病相憐《あいあわ》れむですぐ飛びついてくる。

そうしたら男に会ってくれとたのんで、用意しておいた男に会わせるんだ。なるたけ僕に似た男がいいな」

「まあ、しょってるわ」

「いや、浅子に敵愾心《てきがいしん》を湧き起させるためさ。そうすれば浅子は、知恵子のために男を引張ろうと苦心しているうちに、今度は男に自分が引きずられるという段取さ」

「でもそんな好都合な男の人がいて？」

三人はそれで思案投首をしたが、結局そんなお誂《あつら》え向きの男は、沢井景一のほかにはいないということになって、この案はオジャンになった。沢井はさすがに三十分で知恵子を追いやるようなことはせず、話はえんえんとつづいて、三人の到達した結論はこうだった。

『結局、問題は浅子一人なのだから、これの対策はあとから考えるとして、まずかすみの父に沢井がぶつかってみるべきではないだろうか。かすみが父にゆっくり相談して、父にいろいろ取越苦労のタネを与えて、その上で沢井が申し込むよりも、何の予備知識も与えずに、沢井がいきなり行って、フランクに、お嬢さんを下さい、と言ったほうがいいのじゃなかろうか』

三人はこの結論を得て別れ、かすみは案の定、その晩は眠れなくなってしまった。

あくる日の午後、父から家へ電話が来て、

「沢井が夕食に来るから仕度をするように」

と言いつけてきた。

かすみはその電話を母からきいたとき、動悸《どうき》がして、もっていたお盆を落っことしそうになったので、あわてて自分の部屋へかけ込んだ。彼女は今夜の成行が、どういう思いがけない局面をひらくか、想像もしていなかった。

16

部下を可愛がる藤沢一太郎の習癖として、会社から電話を家へかけてよこして、「誰それが夕食に来るから仕度をするように」と言ってくるのは、そんなに例外的な出来事ではなかった。社員の個人的な相談に乗ってやるときは、料理屋やレストランを使わずに、家へ引張って来るのが一太郎のやり方だった。彼は別してそれを、新らしいアメリカ風のやり方と考えていた。

そして妻のかよりも亦《また》、若い人たちの心配事に一枚加わるのが好きだった。すべては良人《おっと》の意見に賛成するだけで、自分で異を樹《た》てることは一度もないが、それでも結構親身に相談に乗った気でいるのである。

だからかよりは、自分の部屋へ逃げ込んだ娘をわざわざ追いかけて行って、沢井の噂をした。

「あら、ここにいたの？　あのね、今夜の沢井さんはどんな相談で見えるんだろう。あんな呑気《のんき》な明るい人でも、何か心配事があるのかしらね。家《うち》に来る人でおよそ沢井さんほど朗らかな、影のない人はいないのに。それでも男の世界は大へんだからね。何やかと苦労もあるのでしょうね。……それともあれかしら？」

母に背を向けて机に向っていたかすみは、この一言で敏感にふりむいたが、母は少しも頓着しないでつづけた。

「それともあれかしら？　誰か好きな方でも出来て結婚するというので、お父様に仲人《なこうど》でもたのみにいらっしゃるのかしら？」

かすみは、その母の想像にひどく不吉なものを感じて身を慄《ふる》わせた。「好きな方」というのが自分以外の、とてつもない美人のように想像された。次の瞬間には彼女は頭を振って、こんなばからしい妄想を恥じた。

電話をかけてみて、かすみが嫂《あによめ》のところにちゃんといて以来、母は今度はやみくもにかすみを信用してしまい、一面、甘く見るようになっていた。かすみには悪いことをする勇気なんてまるでなく、ただ悪いことをしているかのごとく親をだましているにすぎないと考えられた。『本当にこのごろの娘って変だわ』とかよりは考えていた。『昔とちがって、何も世間を知らないのに知ったかぶりをしたがり、何も思い切ったこともできないくせにできるふりをし、親に隠すこともないのにありそうな顔をし、恋愛をしたことがなくても恋に飽き果てたような顔をし、折角のおぼこもあばずれを装い、少しでも自分を悪く見せようと一生けんめいなんだもの。そこへ行くと昔の娘は、どこまでも箱入娘らしくしていて、思いつめると、突然、あっというようなことを仕出来《しでか》したんだわね。たとえば八百屋お七みたいに』

——こう考えているかよりは、かすみのたじろいだ表情に少しも気づかなかった。そしてこう言った。

「もしそうだったら、お母様は残念だと思うよ。沢井さんは本当にいいお婿さんになると思っていたんだもの」

何も知らない母のこの図星で、かすみは完全にノック・アウトされてしまった。しかしこんな時には怒ってしまうほうが勝だから、彼女は憤然と壁のほうを向いた。しかし怒っている筈《はず》の口もとが弛《ゆる》んでいた。そこに鏡がないのが倖《しあわ》せだと思った。鏡があったら、完全に吹き出してしまうところだった。

「すぐプンプンするのね。まるで女学生ですよ、あなたは。……勉強がすんだら又お台所を手つだって頂戴《ちょうだい》ね」

そう言い残すと、かよりは廊下を台所へ戻った。そして歩きながら、『お婿さんという言葉を持ち出されただけで、すぐプンプンするところなんか、新らしく装えども、大正時代の女学生とおんなじだわ』と思ううちに、ひとりでに笑ってしまった。

台所で待っていた女中にその笑顔を見られて、かよりは言うのだった。

「あの子は子供だね。本当に子供！」

夕方、父の車が着いた音に玄関へ出ると、沢井が先に下りて来た。一太郎は海驢《あしか》が不承不承檻《おり》から出てくるように、太った体を不器用にくねらせながら、車から下りて来る。かすみは一度ぐらい父が、折角の新車から颯爽《さっそう》と下りて来るところを見たいのだが、車のドアというものは、どうしても父の体に辛《つら》く当るようにできているらしかった。

玄関に出迎えた妻と娘に、一太郎はいつものようににこやかな微笑を投げたが、その顔を見てかすみは、まだ沢井が何も話していないのを直感した。

沢井はというと、父のあとをついて玄関を上って来るとき、かすみのほうへ向って片目をつぶってみせた。そこで却《かえ》ってかすみはどきどきし、折角むりに落着かせた自分が、また心もとなくなってしまった。しかし彼のこんな不謹慎は今にはじまったことではなかった。

かすみと沢井の間には前以《まえもっ》ていろいろ打合せがすんでいた。穏当な方法は、まず沢井が神妙に「お嬢さんをいただきたい」と申し出て、それから父に呼ばれたかすみが顔を出し、沢井の申出に同意した上で、父に決断を一任するというやり方である。多分父は即答を与えないで、沢井を帰し、かすみとゆっくり話し合うということになるだろう。そこでかすみがいよいよ固い決意を述べればいいわけである。

しかしこれには一脈の危険が伴う。というのは、父が沢井の面前へかすみを呼び出さないという場合がありうるからである。沢井とかすみを別々に訊問《じんもん》するか、あるいはかすみの意志にはわざと触れずにおいて、まず沢井の調査に乗り出して、その結果が出た上で、はじめてかすみの意志を訊《き》き出すということにもなりかねない。そうなったら、いろんな点で困るのである。

そしてこの方法は一見穏当なようではあるが、沢井はともかく、かすみが損な立場に立つことには変りがない。なぜなら、かすみと沢井の緊密な連絡に父は今はじめて気がつくわけで、このことは、「誰かに特別な感情を持ったらまず父親に打明ける」という以前からの父子《おやこ》の約束に反する。その点で一太郎は多大のショックを受けるであろう。そして沢井のこの訪問のあとでかすみを叱るか、あるいは黙っていて娘の将来をひたすら心配して、沢井の調査に乗り出すかするだろう。

こう考えてゆくと、これは一見穏当な方法だが、沢井がいきなり結婚申込にやって来る以上、却ってそぐわない因循なやり方で、逆効果というものである。どうせ父にショックを与えるのを避けられないなら、沢井と二人で、真向から父に談判して、二人がすでにガッチリ腕を組んでいるところを父に見てもらうべきである。

——二人はこういう結論に達したので、今夜はその手筈《てはず》になっていた。

「じゃあ沢井君、応接間で待っていてくれたまえ。着替えをしたらすぐ行くから。かすみ、ビールでも上げておきなさい」

かすみがすでに用意していたビールとつまみものを持って応接間へ入ると、沢井は窓のところに立って、暮れかける庭を見ていた。彼のうしろ姿の背広の肩の鋭い線と、しっかり立てた精悍《せいかん》な首筋を、かすみは初心《うぶ》な士官のうしろ姿のようで素敵だと思った。

ふりむいた沢井は、たのしそうに笑っていたが、それでも心の中の緊張はありありとわかり、さっきのウインクも虚勢だと思われた。ドアを開け放したまま、かすみは盆を持って入り、テーブルの上へうつむいてそれを置いたが、そのかすみの耳の上で、

「キスをしたいな、今」

と小さな声で言っている沢井の声がきこえて、かすみはおどろいて顔をあげた。

沢井は大きな声で、

「いや、どうぞお構いなく」

と言ってから、真顔のまま急に声を低めて、

「喰《た》べちゃいたいくらいだな、可愛くて」

と言いながら、姿勢はじつに端正を保っていた。

そこでかすみも、横を向いたまま小さな声で、

「しっかりしなくちゃダメ。まじめに。まじめに」

と言った。それから大きな声で、

「どうぞお掛けになって」

と言いながらテーブルの向う側へ逃げて、猛獣に餌をやるような恰好《かっこう》で、手の長さギリギリの距離からコップに冷えたビールを注いだ。ビールが細い罎《びん》の口を通り抜ける音は、まるで固唾《かたず》を呑《の》むと言った感じの音に聞かれたので、かすみはなんとなく吹き出し、それにつれて沢井も吹き出した。

そのとき廊下を着替えのすんだ父が大股《おおまた》に来る足音がした。

父は椅子に落着いて二言三言喋《しゃべ》ると、

「沢井さんは大事な相談があるらしいから、向うへ行っておいで」

とかすみに言った。

「はい」

とかすみは素直にドアのところまで行って、ドアを内側からきちんと閉めると、また戻って来て、長椅子の沢井の横に腰を下ろした。父は夢に夢見ているような心

持を露骨に顔に出し、半分霞《かす》んだ目つきで、長椅子の上の二人を見比べた。そんな父を、労働組合に社長室へ閉じ込められた社長みたいだとかすみは思った。父があまり信じられない顔つきなので、かすみはとてもその顔を注視していることができなかった。

「これはどうしたことだ」

とこわばった微笑で一太郎は、とうとう口に出して言ったが、言ってしまうとやゝ落着いたようだった。

「今日伺ったのは他でもないんですが」と沢井が固くなって、しかしまことにタイミングよく、つっかえつっかえ言った。「あの……実は……お嬢さんをいただきたいんです」

「ふうん。こりゃあだしぬけだな」

沢井がぽつりぽつりと経過を説明し、一太郎はそのあいだ、ちらりちらりとかすみのほうを見た。その微笑を含んだ顔は、半分悲しそうでもあり、可笑《おか》しそうでもあった。一通りききおわった一太郎は冷静な声でこう言った。

「よくわかりました。こういう問題は家内とも相談しなくてはならんから、一寸《ちよつと》待って下さい」

――そして立上って、かすみのほうへ振向くと、「どうだい？　かすみもお父さんと一緒に来るかね。君の意志がはっきりしているなら来なくてもいいんだよ」

これは微妙な瞬間で、かすみには、生れてから父との間にこんなにきびしい選択の瞬間を経験したことがないように思われた。父は微笑をたたえて、待っていた。そこでかすみが椅子から立上ってついて行けば、少くとも父親の愛情にこたえるやさしい娘になれたことだろう。しかしそれは明らかな妥協であって、問題をあいまいにするだけだった。彼女は根の生えたように、じっと沢井のかたわらに坐《すわ》り込んでいるべきだった。

かすみは自分が一寸怖い目つきをして父を見上げているのを感じていた。しかし、こんな硬い表情をしながら、今ほどかすみが、父に自分を完全に理解してもらいたいという熱情を感じていることはなかった。父にもそれがわかったようだった。

かすみはやっと髪をかき上げながら、こう言った。

「私、ここに残っているわ」

「そうか」

父はそのまま出て行った。

「ありがとう」

と沢井が低い声で、掌をかすみの手の甲へ押しつけながら、

「こんなに手に汗を握っちゃったよ」

と言った。かすみにはその手の重さ温かさ、その汗に濡《ぬ》れた感触が、大そう可愛かった。目の前で危難をくぐり抜けて来た恋人を迎えたような気持だった。

それから二人で待っている間はずいぶん永かった。さっき父のあとについて部屋を出て行かなかったことで、かすみは永遠に父に訣別《けつべつ》して、沢井のあとについて行くことを選んでしまったような気がした。こんな孤独感が今かすみを、沢井と二人で難船して筏《いかだ》に乗って海を漂っているような心地にさせた。

それが沢井にも通じたとみえて、彼はやさしくかすみの肩を抱いた。

「安心しろよ。僕も心配だけど、まあ安心してろよ」

「いやな人。それじゃちっとも安心できないじゃないの」

こんな冗談に紛らしながら過している重苦しい時間は、しかし同時に、かってないほど二人が一身になったと感じられる時間で、それはひょっとすると接吻《せっぷん》している間以上だった。二人はまるでフルーツ・ジェリイの中のくっついた果物の二片みたいに、寒天に閉じ込められて、皿の上でわなないているかのようだった。

――やっとドアがあいた。父と母が入って来た。父は笑みをたたえ、母は泣いていた。母が泣きながら突進して来る様子で、敏感なかすみは、事がまずく運んだのではないのを知った。

「悪い子ね、あなたは悪い子ね。お母様に何もかも黙っているなんて。お母様はもう嬉《うれ》しくて、嬉しくて……」

かすみは泣かなければ悪いような気がしたけれど、緊張はまだ解けず、椅子にゆったり腰を下ろした父が、沢井に話しかける言葉に聴耳を立てていた。その間母の涙は、その肩へかけたかすみの手の甲まで濡らしていた。父はきっとこう言うだろう。『大へんいい話で、家内も喜んでいるが、娘の気持もよく親として問いただしてみなければならないし、家内との相談も短時間でまとまっていない。事はともかく慎重を要するから、一ト月だけ確答を待ってもらいたい』……そして明朝、早速父は秘密探偵を会社へ呼ぶだろう。いや、今待たしているあいだに、父はすでに秘密探偵社へ電話をかけたのかもしれない。

――しかし父が言い出したのは意外な言葉だった。彼は独特のはにかみから、娘のほうを見ないようにして、会社で事務的な、しかし大へん景気のいい話を、大声で下僚に話してきかせる態度で、安楽椅子にゆったりと腰を落してこう言った。

「いや、今家内とも相談したら、家内も『沢井さんなら』というわけで、君は大へんな信用だよ。私としても、こんな娘に目をつけてくれて、こうして正々堂々と申し込んでくれたのは、実に有難いと思っている。君の人柄、経歴、ご家庭のことについて、幸い同じ会社にいて、よくわかっているし、私としては言うことは何もない。ただ問題は君のご両親のご意見だが」

「はア、それはもう内諾を得てあります。ただ、こちらのご承諾をいただけば、両親は一も二もないんです」

「そう伺えば安心だが、早速私共もご両親にお目にかかってだね」

「それは明日にでもお引合せいたしますが、ええと、これでご承諾いただいたと思ってよろしいのでしょうか……」

「ああ、ご両親のご承諾を条件としてだね。こんな娘でも、ご両親の気に入っていただかなくては……」

そこまできくと、母は一そう激しく泣き出した。

こういう形式的な会話については、そうくどくどしく述べるにも当るまい。ともかく意外に父は、簡単明瞭《めいりょう》にＯＫしてしまったのである。かすみは狐につままれた思いだった。それと同時に、かすみの感動がようよう日頃の冷静さで裏付けられてくると、その口もとには例の乾いた微笑がゆっくりと浮んで来た。

『お父様はまんまと欺《だま》されたんだわ！　沢井さんは何という天才だろう。お父さまの健全な家庭の幸福第一主義に、私は見事な復讐《ふくしゅう》を仕遂げたんだわ。私は藤沢家という眠ったような幸福な一家の、最初の激しい例外になるんだわ。美しすぎる薔薇《ばら》の花の幻に、私がちゃんとトゲを描き添えたんだわ』

これは明らかな勝利の喜びで、かすみにはあいまいな幸福よりもずっと手ごたえのあるものに思われた。

——その晩沢井は夕食のあとでわりに早く帰った。父も二人の結婚についてそれ以上具体的な話はしなかったし、沢井も節度をわきまえて、結婚の話にそれ以上触れなかった。仲のいい上役と下僚の青年との、気楽な会話に終始しながら、沢井は大人しくいつものように、一太郎のアメリカ旅行の話をきいた。

「デパートのドアでも、映画館のドアでも、あとから出る人の鼻先にピシャリと閉まらぬように、前に出る人が順々に必ずドアを押えながら、うしろをふりむくのは、立派な習慣だね。あれは正に茶道の残心《ざんしん》だよ。アメリカ人のほうがよほど茶道の精神を心得ている」

「へえ。東京で一人がそんなことをしたら、ドア・ボオイとまちがえられるだけですね」

「そうだよ。おまけに、ありがとうも言わない仏頂面《ぶっちょうづら》で、どんどんすり抜けて出て行かれるだけだ。そういうとき、アメリカじゃ、必ずサンキューと言うから気持がいい。こういう社会道徳は学ばなくちゃいけないね。昔は東京だって、電車の中で足を踏めば、必ず『失礼』と言ったものだが、このごろは踏んだほうが、『どうしてそんなところへ足を置いといた』と睨《にら》みつけて来るんだからおそろしい」

かすみにはいつもながら、父のこんな常識的なお講義は退屈で、それよりもっと気にさわるのは、それをそばで一々感心しきってうなずいている母の顔を見ることだった。この凡庸な雰囲気はやりきれなかった。そこへ行くと、ネクタイの結び目をくつろげて、少量のビールに赤くなった太い咽喉首《のどくび》をあらわしながら、いかにも純真な顔つきで、父のお講義に調子を合わせている沢井の悪党ぶりはステキだった。かすみ一人だけを絶対に欺さない悪党、それが彼女の描いている沢井の最大の魅力だったのである。

——沢井を送り出すと、父が、かすみを書斎へ呼んだ。一応形だけ叱られるのを覚悟で、かすみが書斎に入ると、父は、窓の下のソファに娘を坐らせて、

「さあ、いいものを見せてやろう」

と微笑した。

「なあに、お父様」

「さっきお母さんにはもう見せて上げたから、今度はかすみに見せる番だ」

「何よ」

少しも叱られないので、かすみはふくれっ面《つら》をしながら甘えた声を出した。多少物足りない気がしていたのも確かだった。

父は鍵《かぎ》をかけた抽斗《ひきだし》から一ト《ト》まとめの書類をとりだすと、それを軽快にかすみの膝《ひざ》へ投げた。

かすみはその固苦しいペン字で細かく書かれた書類に、何か陰惨な匂いを感じてはっとした。

それはすでに調べ上げられている探偵社の報告書で、まず沢井家の家系がこと細かに辿《たど》られていた。

「沢井家はもと九州熊本県士族……」

この旧弊な書き出しだけで内容が知れようというものだが、沢井一族はなかなか優秀な家系であって、すぐれた人物を輩出しており、或《あ》る私立大学の経済学の教授である沢井の父も、立派な人物だとほめたたえられていた。一口に言って、家系は健全であり、堅実そのものだった。

おどろいたのは、沢井家の財産の明細から、沢井の預金額まで調べの届いていることで、沢井は将来の結婚資金として、十五万円の銀行預金を持っていた。これは父の補助もあるのだろうが、あれだけ遊び歩いてこれだけ残しているのは、ずいぶんガッチリ屋だわとかすみは思った。

沢井の私生活についての頁は、呆《あき》れるほど貧弱で、それを読んだとき、かすみは完全に安心してしまった。こんなことなら、取越苦労がすぎたというものである。

「沢井景一氏は、明るい性格で人附合いもよく、社内の評判もよいそうであります。女性関係は清潔で、社内の女性との醜聞もありません。もちろん独身青年としてダンスホールその他には出入りすることもありますが、職業的女性との交渉も、一切調査に現われておりません。永続的恋愛関係、同棲《どうせい》生活等の前歴については、十分調査いたしましたが、皆無と認めて然るべしと愚考いたします。要するに、種々案件を勘考せる結果、ご結婚のご相手としては好適なる人物と存じます」

……かすみはこれを読むうちに、うかんでくる笑いを押し隠すことができなかった。

『女性関係は清潔で……』と来たわ！『皆無と認めて然るべし』だって！

とうとうかすみは、父をからかいたい気持を抑え切れなくなった。

「ずいぶん楽天的なスパイだわね、これを調べた人」

「これでいいんだよ。ここらが世間の眼というものだ。これ以上は知る必要もないことだ」

といかにも父は落着き払った様子で言った。

「でもこの調査、信用できないわ。かすみのこと、何も出ていないもの」

「よほど巧《うま》く立廻《たちまわ》ったとみえるな」

「いやあね。お父様、いつからこんな調査をはじめていらしたの？」

「あのパーティーの頃からだよ。秋子がね、秋子がかすみはどうも沢井が好きらしい、と言い出したんだ」

「え？」

この父の一言は、かすみにはひどくショックだった。父はそんなことには気づかず、抽斗から別の書類を引張りだして、かすみに取り易いように、机のはじに置いた。

「まあ、しかし沢井君で万事よかった。私は牧君とお前が仲が好いのかとまちがえて、牧君のほうも調べたが、それを見てごらん」

——かすみには意外なことだらけで、牧に関する調査書類を手にとると、すぐ知恵子のあの悲しそうな顔が浮んできた。

「牧周太郎氏は、すでに二年前から、酒場カンヌの女給某女と同棲し、事実上の夫婦関係を継続しています。これは同じアパートの住人だったところから発生した恋愛に基づくもので、しかも牧氏はこの同棲生活を極秘にし、友人の来訪などの場合には、某女を予《あらかじ》め室外へ出し……」

みなまで読まずに、かすみは気持が悪くなって書類を押しかえした。知恵子が牧と夜会うことが全くなく、昼休みだけの附合だと云っていたのも、こういうところに原因がひそんでいたのであろう。かすみは知恵子を早速牧の手から引き離して、昔のボオイ・フレンドの俊雄の手に返さなければならぬと思った。

そう思うかすみは、いつしかこんな調査を軽蔑《けいべつ》しながら、そのくせすっかり信じ込んでいた。その点で彼女は一太郎の娘だった。彼女は沢井の調査の隅から隅まで信じたく、信じたいと思うことは、もう信じていることであった。

17

すべてはとんとん拍子に運んでいた。沢井の両親とかすみの両親は、会うと匆々《そうそう》、まるで両親同士が結婚するかのように意気投合した。沢井の母は新らしい考えを持った人で、とにかく若夫婦は、早速アパートで二人きりの生活をすべきだという意見だった。

かすみの学校と婚約期間の問題については、数回協議の上、かすみ自身の意志もあって、すぐ学校をやめて、結婚生活に入ることになり、婚約期間はいわゆる永すぎた春にならないように、七月八月の二ヶ月だけに限られた。

かすみはこんなあわただしい経過のあいだに、ときどき、自分が、すまして鼠を喰《た》べてしまった猫みたいな顔をしてはいないかと気になった。彼女には今では、すべてが最初から立てられた一糸乱れぬ計画の下に運ばれたような気がしていた。時々小さな不安が胸を走ることもあったけれど、自分をとてもすばらしい知能犯だと空想するほうが好きだった。

「今度東京にニュー・グランドが出来たよ。二人で晩ごはんでも喰べておいで」と父が晴海埠頭《はるみふとう》のレストランを予約してくれた。それが婚約後二人きりでとった最初の夕食だった。

この雨上りの夕方のことを、かすみは後になって何度となく思い出すが、この上もなく幸福な夕方だった。

二人が銀座で待ち合わせた時は、まだ雨が残っていて、日が徐々に雲間ににじみ出ていたから、軒から降る雨滴の明るさが美しかった。かすみはこの日頃の、自分の環境を一変させてしまったいろんな取決めを、無責任に受け入れている自分が半ば怖かった。たった一つのことの他は何も要らないような気がした。学校も、洋服も、靴も、……何もかも要らない気がした。精神的に裸になりきって、すべてを脱ぎ捨てて、冷たい海水の中へ爪先《つまさき》からヅカヅカ入ってゆくあんないさぎよい気持だった。

待ち合わせ場所の喫茶店で、待っていた沢井へ見せる微笑も、今までのかすみとはちがっていた。街路樹から落ちた葉が、濡《ぬ》れた舗道の上へピタリと貼りつくように、その微笑は沢井の上へピタリと貼りついてしまうのだった。

「忙しかった？」

とかすみがきいた。

「うちの会社はわかんねえな。ヤケに忙しかったり、閑《ひま》だったり」

「結婚生活の予防線を引いているワイ」

「コラ、頭がまわりすぎるぞ」

沢井のほうも、温かいお風呂《ふろ》に首までのんびり浸っているような顔をしていた。かすみははじめ沢井の暗い顔が好きだったのに、自分のためには、こういう明るい幸福な顔のほうがよかった。

晴海埠頭に出来た国際貿易センター展示館に、大海電気も出品していたので、その二階にひらいたレストランを、父はよく知っているらしかった。二人はタクシーに乗って、勝鬨橋《かちどきばし》を渡り、そこから俄《にわ》かにひろくなる東京の空に、雨上りのオパールのような光りを含んだ雲が、さわやかに乱れているのを見た。

「いい空気ね、ここへ来ると」

とかすみはタクシーの窓から潮風の匂いをかいだ。晴海町のひろい碁盤の目の自動車道路には、ほとんど車の影がなかった。そしてところどころの水たまりに、雲や青空がちぎれて映っていた。舗道は黒い玻璃《はり》の上をゆくようだった。

モダンな建築の二階へ上る階段が、レストランの入口だったが、二人はこんな人《ひと》気《け》のない広い道を、日の暮れる前に散歩したかったので、腕を組んで海のほうへ歩きだした。

誰も人がいず、展示館も閉っており、さわやかな風だけが我物顔に、緑のあざやかな街路樹の梢《こずえ》をさわがせていた。そんなに明るい空なのに、規則正しい間隔を置いて並ぶ蛍光灯も灯をともし、時計柱のモダンな時計の文字板も、ポッカリと青い灯をともしているのが、妙に非現実的な美しさだった。

「なんて気持がいいんだろう」

沢井は腕を解いて、両腕を四方八方へふりまわしながら、歩いた。

「僕はまったく、こんな公明正大な景色なんてはじめて見たな」

「お尋ね者みたいなことを言うのね」

「海のところまで駈《か》けて行こうよ」

沢井がかすみの肩に手を廻《まわ》して言った。

「水たまりだって避《よ》けっこなしだぞ」

「いいわ」

二人は同時に駈け出したが、浅いひろい水たまりは、新らしいペーブメントのそこかしこにあって、そのどれにも雨上りの明るい空が映っているから、まるで空を飛んでゆくみたいだった。

沢井は、水たまりを走幅跳の要領で、大げさに懸声をかけながら跳び、また次の水たまりまで勢よく走った。かすみは雨靴で、平気で水たまりを蹴立《けた》てて駈けた。

白いレインコートにハネの上るのが、もう気ちがいじみて面白かった。

「おっと、そこから先はもう海だぞ」

と沢井が言った。

海には沖の遠くや近くに、沢山の貨物船が碇泊《ていはく》していて、それらの複雑なマストが美しかった。マストがみんな杏《あんず》いろで船腹が黒なのは、実に粋な色のとりあわせだった。

二人は手をつないで、岸壁のはずれに立っていた。強い海風は、沢井の口もとから煙草を吹きとばす程である。

すねたように斜め向うを向いて碇泊している白い小さな貨物船を、

「可愛いな。なまめかしいって感じだ」

と沢井が言った。

「何でも女にたとえるのね」

「だって船ってSHEじゃないか」

沢井はムキになって、少年のように抗弁した。

そのとき、港へ入ってくる黒い中ぐらいの貨物船の動きが、何一つ動かない景色のなかで、二人の注意を惹《ひ》いた。近づくにつれてマストの灯が、だんだんはっきり目に映る。ばかに明るい檣灯《しょうとう》だな、と思って見まわすと、あたりはさっきに比べて、ずいぶん暮れかけていた。

——二人はレストランへ戻って、階段を昇った。クロークでコートを渡す。まるでこまかい模様をプリントしたような、みごとなハネにかすみは笑い、それを見て沢井も大いに笑った。

「僕はハネなんか上っちゃいないぞ」

自慢する彼のズボンのうしろもハネだらけだった。かすみがこれを見て笑うと、沢井も笑いがとまらなくなった。人気《ひとけ》のないガランとしたひろいレストランの中、打ち放しのコンクリートの壁のあちこちへ、二人の無遠慮な笑い声が谺《こだま》した。かすみはしんから幸福な気持で、居並ぶボオイたちの神妙な呆《あき》れた顔を眺めわたした。

「どうぞ、こちらへ」

食前のお酒を呑《の》むモダンな一室へ案内されると、かすみは、総硝子《そうガラス》の窓に映るのは室内の赤やレモンいろの灯光ばかりで、もうすっかり外は暗くなっているのに気づいた。

かすみは生れてはじめてぐらいの飛切りの素直さで、こう言った。

「私、幸福だわ」

「僕もだ」

と沢井は白い歯並びを見せて笑った。

18

結婚までの忙しい二ヶ月のあいだ、いや、肝腎《かんじん》の結婚式から新婚旅行へ旅立つまで、とうとうあの銀座の洋品店の女浅子が現われなかったことが、かすみにはほとんど奇蹟《きせき》のように思われた。

それはいつでも、そこらの街角に待ち伏せていて、真青《まっさお》な怒りの顔をあらわすような気がするのに、とうとう姿を見せなかった。婚約から挙式まで、彼女はのんきな沢井を制して、二人づれの時は決して洋品店エル・ドラドオの界隈《かいわい》を通らないように気をつけていた。もっとも非番の日でむこうも銀座をぶらりぶらりしているとすれば、どこでぶつからないとも限らない。ついにはかすみは、沢井と二人で銀座へ出ることも怖がるようになったので、

「君は自分から世間をせまくしている。呆れたね。一体君がコソコソしなくちゃならない理由がどこにあるんだ」

と沢井は笑って、わざと意地でもかすみを銀座へ連れ出そうとするのだった。

薄い硝子《ガラス》の金魚鉢をこわさないように大事に抱えて歩く子供同様、かすみは自分の幸福を大切に運んで歩いた。沢井との結婚そのものが荒海の冒険を予期させるの

は、かすみが好むところだが、その前提になるのはどうしても結婚式そのものだから、それまでは故障が起きてほしくない。

「夏のさかりの銀座なんて、面白くもないけれど、どうしても行きたいなら、知恵子と三人で行くならいいわ」

とかすみは条件を出した。大体女二人を連れて歩く男は、第三者から見たって、ただの女友だちを連れているようにしか見えないだろう。こうして何度か知恵子が御相伴を仰せつかったが、かすみはみんなが幸福であることを望んだので、いまだに例の牧の調査報告を知恵子に告げていなかった。

浅子は今も、沢井の結婚など夢にも知らずに、彼との結婚をひたすら空想しながら日々を送っているにちがいなかった。かすみはそれを思うと、浅子という娘が孤独な狂人のような感じがした。もう死んでしまった恋人を待ちこがれているように、何の可能性もないものにすべてを賭《か》けてしまっている生活。

『そんな生活は怖ろしくないかしら？　早くやめてしまえばいいのに』

少しも同情せずにそう考えながら、彼女は何度となく、めでたい結婚披露宴の只《ただ》中《なか》へ、半狂乱の女が駈け込んで来て、とりすましたお客さまの面前で、青酸加里を仰いでバッタリ倒れるという怖ろしい幻に悩まされた。

――しかしこんな幻想とはかかわりなく、すべては順調に運んでいた。沢井の勤めのいそがしい週日は、かすみも洋服の仮縫いに忙しくすごし、こんなに沢山のピカピカ光った留針が、どの一本として彼女にかすり傷一つ負わせないのに自信を持った。

かすみは正直のところ、最初の冒険的なスリルとちがって、沢井との結婚が、ごくふつうの少女が結婚を控えて夢みる夢と同じものを運んで来るのにがっかりした。彼女はもっと戦闘的な心境になる筈《はず》だった。ところが今、かすみの空想力はばかに貧弱になって、そこらの婦人雑誌にあるような甘いハネムーンを夢みていた。もっともこういう夢の糖衣も、結婚ということへの生理的な恐怖心を麻痺《まひ》させるのにぜひ必要だったかもしれない。

週末には日帰りで海水浴へ出かけたが、一度沢井が、かすみの更衣のためにとったホテルの部屋へ、無断でつかつか入って来そうになったことがあった。かすみが強い声でたしなめると、

「あ、部屋をまちがえたかな」

とすまして出て行った。こんな図々しい振舞がその夕方一寸《ちょっと》した口喧嘩《くちげんか》のたねになり、その結果沢井があまりしょげ返ってあやまったので、ついかすみが哀れを催おすと、今度は沢井がごく下手《したで》に出ながら、婚約者にありがちな性急な申し出をほのめかした。かすみはごく冷静に、微笑を以《もっ》て拒絶した。するとかすみは自分がと

んでもなく大人になって、立派な理性的な処理をしたような気分になり、あまり上機嫌に振舞いすぎて、沢井の気を悪くさせた。

「君はへんに残酷なところがあるな」

「今気がついたの」

とかすみは、たのしそうに高飛車に言った。この有頂天は、家にかえって、深夜、一人の寝室にいるときまでつづいたが、多少自己分析のたしなみのあるかすみは、やがて自分の心理の真相に気づいて、呆れてしまった。この跳躍するような幸福感は、明らかに、はじめて沢井から体を求められたという事実に由来していたのである。

19

九月の或《あ》る朝、こうしてかすみは、箱根《はこね》宮ノ下《みやのした》の富士屋ホテルの一室で目をさました。お客が寝坊しないように、丁度目をあげた位置にカーテンのない高窓があり、しかもそこが東に向っている。部屋じゅうの窓を立派な分厚い緞子《どんす》のカーテンで蔽《おお》っているのも、これでは何にもならない。

そこの小さな高窓は嵌《は》め殺しの石目《いしめ》硝子《ガラス》が光りを縦横に散らし、見ているだけで眩《まぶ》しい。室内の古めかしい柱や壁紙、格天井《ごうてんじょう》の極彩色の百合《ゆり》や薔薇《ばら》の花の丸も、その光りのおかげではっきりと見える。闇は、部屋の低い片隅に澱《よど》んでいるだけである。

小鳥の囀《さえず》りが部屋のすみずみからしみ入って来る。朝空いっぱいに小鳥が群れ飛んでいるかのようだ。しばらくかすみは、ぼんやり囀りをきいていた。その快活でちょこまかした鳥たちの声は、寝起きの耳に、純銀の耳搔《みみか》きをさし込むように鮮明にきこえた。

『私は今たしかにここにいるんだわ。箱根のホテルのベッドの上に』

かすみは自分の居る位置が、失神からさめた時みたいに、まだはっきりとつかめなかった。頭の中にいっぱい錯覚が詰っているような気がした。

『あれは一体何だったのだろう。あのきのうのさわぎは』

それは結婚式というものだった。朝早くから、彼女は大ぜいの人が自分の体をいじくりまわしたり、あちこちへ動かしたりするのに委《まか》せた。その体に白いサテンの花嫁衣裳《いしょう》が着せられ、又脱がされた。鏡の中の自分の顔を見て、美容師の念入りな作品だが、今日はとても美しい、きみがわるいほど美しいと思った。式場の混雑と沢山の花嫁花婿が廊下でぶつかり合うさわぎは、まるでまじめなことをやっているように見えなかった。レビューの大詰で何十組の花嫁花婿が登場する、そのいそがしい楽屋の風景のような気がした。ばからしい三々九度の儀式も、沢井のすましたポーカア・フェイスがなかったら、とても我慢できる代物ではなかった。長ったらしい祝詞《のりと》をきいているあいだの、モーニング姿の彼の「厳粛な」表情は本当に見ものだった。人を喰《く》っているどころか、神様を喰っていた。父のさびしそうな表情に感傷をそそられるほど、かすみは気が立っていなかった。すべてはあわただしい、目まぐるしい、サーカスのような出来事だった。それから披露宴の、あの凡庸そのもののようなスピーチの数々。歯の浮くような讃《ほ》め言葉や、教訓や警告の数々。いかにも人生の知恵にあふれているような勿体《もったい》ぶった自己満足。

『誰の知恵も、誰の教訓も、私に役立ちはしないわ』

と白いヴェールの下でかすみは考えていた。彼女の喜びは、ときどき横目でうかがう沢井の、上気して頬の赤い横顔が、いかにもまじめで冒瀆《ぼうとく》的に見えることだった。『この人をこんなところへ追い込んでやったのは何て痛快だろう。でもこの人は、こんなまじめな表情をたのしんでやっているんだわ。この人はどこまで不まじめなんだろう』

そう思うとかすみは、沢井が今日、ばかにたのもしく感じられた。

それからみんなと別れて、二人きりになった空《す》いた湘南《しょうなん》電車のなかへ、容赦なく射し込んできた九月の西日。かすみはこれから、又別の土地へサーカスを見せに巡業に行くあいだの、つかのまの休息のような気がした。綱渡りの夫婦。彼女はもっとしどけなく、彼の膝《ひざ》にもたれて眠りたかった。私たちはちゃんと労働をしてきたのだ、大ぜいの見物の前で大へんな芸当を見せてきたのだ、と彼女は思った。汗だらけのシャツやタイツ、スパンコールのいっぱいついた、しかもそれが少なからず剝《は》げ落ちた真赤な肉襦袢《にくじゅばん》、汚れたバレエ靴、そういうものではちきれそうになっている鞄《かばん》を網棚へ放り投げて、厩《うまや》くさい匂いのする良人《おっと》の膝にもたれて、次の巡業地までぐっすり眠れたらどんなによかろう。次の巡業地の駅に着いたよ。貨車の隙間《すきま》からは旭《あさひ》の一筋が、藁《わら》の上へくっきりとさし入り、貨車のまわりは小鳥の声でいっぱい……。寝藁《ねわら》のなかの眠り、馬が濡《ぬ》れた鼻面《はなづら》で私を起す。

——かすみはまた眠りに落ちてゆく自分を感じて、その急激な陥没の反動で、今度ははっきりと目をさました。

彼女はダブルベッドの自分のかたわらに、良人になった男が、ぐっすり眠っている姿をまざまざと見た。高窓の光りのおかげで、沢井の寝顔の、のびかけた髭《ひげ》の一本一本までよく見えた。

『これだわ。ゆうべあんなに痛かったのは』

考えてみると、眠っている男の顔をこんなに自分の目近《まぢか》に見たのは、正に生れてはじめてだった。おまけに沢井は新らしいパジャマの胸をすっかりはだけ、子供のような無邪気な寝顔を少し斜めに、枕に沈めていた。白い清潔な枕の凹《くぼ》みと皺《しわ》は、彼の頭そのものよりも、いかにも彼の重いみちたりた眠りのおかげで凹んでいるようだった。

かすみは「良人」という名の男の寝顔をつらつら眺めた。それは何だか気味の悪いほど新鮮な感動で快い嘔気《はきけ》のようなものだった。この明るい朝日のなかで、昨夜のことを思い出すと、まるで現実とは思えなかった。それは精神的にはなるほど蜜《みつ》のように甘い、あなたまかせの、虚脱したようなロマンチックな事件だったが、肉体的には気ちがい沙汰《ざた》だった。かすみはほとんど目をとじており、自分のつけた香水の匂いと、沢井が寝床に振りまいたオー・ド・コロンの匂いとに半ば酔ってはいたが、体全体で事態の進行をはっきりと知っていた。彼の言葉の形容しがたいやさしさ、そのやさしさだけが闇のなかで舞っていた。催眠術師みたいだわ、とかすみは思った。彼の掌が裸かの肩に触れたとき、十分知っている筈の掌であるのに、ずいぶん固い鱗《うろこ》みたいなカサカサした掌だと思った。でもそれで胸のあたりを撫《な》でられるときには、ぞっとするような快さがあった。長い長い、跳躍する接吻《せっぷん》。かすみは自分の鼻も耳も唇も、彼の口の中で融けてしまうような気がした。かすみは手をさしのべて彼の頸《くび》を抱いた。しっかりした頸の感じと、裾刈《すそがり》の粗い毛の触感があった。急にポマードの匂いが近づいてきた。それから髭のこそばゆい痛さ。……彼女は暑かったが、それが自分の体温のせいではない、何だか真黒《まっくろ》でなまめかしい熱帯地方の夜の暑さが急にそこへ訪れて来たような気がした。……おや、こんなに肌の沢山の部分が別の肌と触れている。それでちっとも気持が悪くないのは何故だろう。かすみはそのうちに、或る力をはっきりと感じて、その力との親和がやって来るのを予感した。しかし親和などというものではなくて、すべては何だか気違い沙汰みたいなものに終ってしまった。それを気違い沙汰だと感じる理性が、たしかにかすみにはあったのだが、自分でもふしぎなほど、そのとき体にはやさしさが溢《あふ》れていた。彼女は自分の心ばかりか、全身がこんなにやさしさに溢れているのにおどろいた。自分のやさしさに押し流されてしまうような気がした。

……かすみはそれを思い出すと、又昨夜のやさしさがこみ上げて来るようで、ひとりでに浮んでくる微笑を、ひろい一室の向うへ向けた。南むきの厚い帷《とばり》を下ろした窓の前の小卓に、喰《た》べかけの大きなケーキが置いてあった。それはホテルの支配人から新婚夫婦へ贈られる習慣になっているウエディング・ケーキであった。昨夜ここへ着くと間もなくボオイが運んで来たそのケーキには、

「祝御結婚　沢井御夫妻へ」

という言葉が、砂糖の英文で盛り上げてあり、そのまわりにはクリームの薔薇と花絡《はなづな》の、一等ありきたりのやつが飾られていた。かすみはデコレーション・ケーキがきらいだったが、沢井と一切れずつ喰べた。お腹《なか》が空いていたので、ことのほか

美味《おい》しかった。

皿の上には、カステラの粉がちらばって落ち、切り目の崖《がけ》から青い薔薇の一輪が崩折《くずお》れている。

『あれを喰べた時の私と、今の私はもう決定的にちがうんだわ』

かすみはもうはっきり冴《さ》えた頭でそう思った。すると少しも感傷はなくて、何だか身の引きしまるような喜びが湧いた。

厚い緞子《どんす》のカーテンの織目が朝日を透かして、こまかい金糸でいちめんに縫い取られているように見える。何という静かな朝だろう。

かすみはもう一度、沢井景一の顔を眺めた。景一は一向に目をさます気配がなかった。高窓の光りが彼の鼻筋に当って、白い一筋の線を貼りつけたように、鼻梁《びりょう》が若々しく光っていた。そして眠っている唇は、不平そうに軽くまくれていた。

かすみは一寸《ちょっと》その唇に接吻したくなったが、妻の第一日にそんなことをするのははしたないことだった。彼女は我慢した。今度はいたずら心から接吻して、目をさましてやろうという気になった。彼はおどろき、半分眠ったまま笑うだろう。こうしてかすみが唇を近づけたとき、急に一つの考えが雷鳴のように轟《とどろ》いて、それを遮《さえ》ぎった。

『この人は今までいろんな女と、こんな風にして眠ったのだわ。私の知っているだけでも、五本の指では足りない女と！』

そう思った瞬間、かすみの脳裡《のうり》には非常な速さで、知るかぎりの景一の女友達の顔が次々とあらわれた。異常な鮮明さであらわれたそれらの顔は、はっきりかすみを見て笑っているように思われた。

東京駅で見た芸者の顔、ジューク・ボックスの前に立っていた赤い半外套《がいとう》の女の子の顔、まだ見ぬエル・ドラドオの女の顔……そういう女たちに、沢井は確実にこれと同じことをし、これと同じような夜をすごし、朝になると女のかたわらに、同じ無邪気な寝顔をさらしていたのだ。

……今までだってかすみは、沢井の女のことをあれこれと考えたことはあった。でもそれは半分空想的な、小説的な、何となく自分に関係があって無いような、要するに頭で考えたことにすぎなかった。しかしたった一夜で、この考えはすっかり姿を変えてしまった。どの女のことも、沢井の体をとおして考えずにいられないのが、いやらしくもあり怖ろしくもある。われながらこんな気持はイヤだが、一夜を堺《さかい》にして、今ではもう、あんなに友達らしい恬淡《てんたん》たる心境で、沢井の過去の情事だの、誘惑の方法だのをむさぼり聴いていた自分が信じられなかった。

かすみは思わず邪慳《じゃけん》に沢井の耳を引張った。

「いててッ！」

沢井はむくむくと起き上って、信じられぬようにあたりを見まわした。

「なんだ、君か。おい、よせよ。新婚第一日に耳を引張って起すなんて、きいたことがないぜ」

「ふふ」

とかすみはすっかりやさしさと微笑に溢れた自分に戻っていた。

「友だちにきいたんだろう。このごろはやりの男性操縦法とか何とかいうの。好加《いいか》減《げん》にしろよ。チェッふざけてやがるな」

沢井は言葉は怒っていても、顔はいかにもたのしそうで、すでに腕をかすみの淡紅のネグリジェの腰にまわしていた。

「だって、あんまりいつまでも寝てるんで、かすみ一人でつまんなかったんだもの」

沢井はかすみの頰に接吻して、舌の鋭い尖《さき》で頰をちらと舐《な》めた。かすみは体の力をぐらりと抜くと、沢井の胸に倒れかかって、以前の彼女なら考えられない、まことに正直な懇願の調子で言った。

「ねえ、これからもう絶対に浮気をしないでね。かすみ一人だけを愛してね。約束してね」

沢井は言下に言った。

「ああ、約束するとも。前からそう言ってるじゃないか」

「そんなに簡単に言っちゃいや。もっと信じられるように言って」

沢井のモゾモゾ困っている様子がわかったが、やがて彼の手がかすみの髪をゆっくりゆっくり撫でるのが感じられた。かなり永い沈黙のあとで、彼は重いまじめな調子でこう言った。

「心配するなよ。僕、約束するぜ」

20

新婚旅行からかえって早速はじまった新生活の、馴《な》れない忙しさや馴れない閑暇については、ここに詳しく述べるにも当らない。かすみは同じような条件に置かれた若い妻として、最善を尽したし、又それなりの成果もあげていた。時折訪れる姑《しゅうとめ》ともうまく行ったし、会社員の妻としてのいろんな心掛けは、実家の母の言うとおりにしていればまちがいがなかった。彼女はこうして完全に受動的に、完全に大人しくしていながら、娘時代から貯えた不可解な「不幸への情熱」というようなものを心の底に隠していた。新らしい生活はひどく忙しいけれど、又、サラリーマンの妻の常で、良人《おっと》が出かけてしまったあとは、アパートの一室にとじこめられる、ポカンとした一人きりの時間がのこされるのだった。彼女は嫂《あによめ》の生活のはっきりした実感を、自分の上にも抱いた。

かすみは一人きりでいるときの自分の顔を鏡に見ると、どうしてこんなに幸福なのに目だけが暗いのだろうと思うことがあった。別に人から目が暗いと云われたことはない。ただ自分でそう思うだけである。というよりも、自分でそう思い込みたいのだ。幸福にのほほんとしている顔は、想像するのもイヤで、新婚匆々《そうそう》だというのに、彼女は自分の目が何か憂いを含んでいると思いたかった。

最初の里がえりに景一と二人で行って、呆《あき》れるほど上機嫌の父が、いつものデリカシイのない愛情一点張りの口調で、

「やあ、仕合せそうだな」

と言うのをきくと、かすみはムッとした。父の考えたとおりの幸福の鋳型に、自分がはまっていてよい筈《はず》はなかった。

それでもかすみが幸福であることは否みようがなかった。景一の帰宅時間は必ずしも一定していなかったが、父の生活から見て、それが当然だと思われた。アパートの夕まぐれ、かすみは三階のバルコニイから、景一のかえってくる姿を今か今かと待っている。夕食の支度は出来上っていて、あとは一寸《ちよつと》火にかければいいのである。

二人の住んでいるアパートは、大森《おおもり》の一角にあって、あたりには緑が濃く、バルコニイからは、ひろい谷あいと、むこうの高台の斜面が見渡される。西北の丘の頂

きに、くっきりと目立つ五重塔が夕空に突き出ている。それは池上《いけがみ》の本門寺の塔である。そこらの木立の下方には、白い洋館の聚落《しゅうらく》が、緑のなかに点々としていて、外人村と呼ばれている。高台の斜面にも繁みの多い草地があちこちに見え、谷あいの畑のあいだにもひろい草地がひろがっている。値上りを待って放置されている土地である。

こうした風景のむこうに落ちる日を眺めながら、沢井のかえりを待つのが、かすみの生活になった。沢井の背広姿が、アパートの入口に見えて、玄関までの植込みのあいだの石段を昇ってくるのを見るともうかすみは動悸《どうき》を押えることができない。

景一はアパートの人たちに見られるのを憚《はばか》って、門を入ったときはちらと上を見上げて微笑《ほほえ》むだけである。これは、同じように良人の帰宅を待ってバルコニィへ出ている他の妻たちに、無用な刺戟《しげき》を与えないためである。明るいうちに彼が帰ってくるときには、この微笑がはっきりと見えるが、暗くなって帰ると、門灯のあかりが顔に及ばず、微笑は木かげの闇に隠れて見えない。そのためだけにも、かすみは彼が明るいうちに帰って来てほしいと思うのだが、そんな希望を口に出したことがない。

沢井が階段を昇って来て、部屋のドアをあけてからのことは、言うだけ野暮というものであろう。

――こんな生活をつづけているうちに、かすみは自分が半ば麻酔にかけられたような状態になってゆくのを、否定することができなかった。もちろん生活の現実は、夢みたいなものではなく、家計簿のやりくりも、八百屋や魚屋を負けさせるのもおぼえたが、そんなことはこの快い麻酔とは別問題だった。

景一は婚約中と比べて、亭主になってたちまち横暴になると云ったタイプの男ではなかった。彼の言葉づかいは前と同様にぞんざいで、生活のこまごましたことには口を出さず、わがままだが気むずかしくはなく、冗談の数も減らず、むしろ全体に、いかにも平均的なサラリーマンという感じが、日常生活の中ににじみ出ていた。これはあながち猫かぶりではなくて、彼を野性的な不羈《ふき》奔放な男と思っていたのには、かすみの買いかぶりがあったのであろう。

景一はたゆみなくかすみを愛していた。それは遠慮のない肉体的表現だったが、彼の陽気な開放的な性格は、

「オイ、今のちらっと笑った顔がよかったぞ。そんなにまともに向いちゃだめだよ。三分の一ぐらい、そのスタンドの下へ顔をやって、それからこっちへ向って笑ったところだ。よし、そいつだよ」

などと口に出して説明するので、これはかすみの気持にうれしく触れた。言葉のあとにはいつも接吻《せっぷん》が従い、言葉で讃美《さんび》したところをいつもすぐ、唇がたしかめに

やって来た。

　気がねのないアパートぐらしで、二人はごくあけっぴろげに生きていたが、お互いに気をつけて触れない話題というものはあった。

　それは、むかしあれほど熱心に景一が話し熱心にかすみがきいた、景一の情事の自慢話だった。この禁句の話題に触れないことにかけては、景一もかすみも大へんに敏感で、何かそれに近い話題が出てもするりと逃げてしまうのが巧《うま》くなった。

　たとえば景一が寝ころがって週刊誌を読みながら、

「すげえなア。七人の女性に結婚詐欺か。それも四十いくつのオッサンだぜ。こんなに禿《は》げ上って、ムジナみたいな面《つら》してさ。見ろよ、この写真」

　などとかすみにその頁を見せることがある。

「あらイヤだ。この顔で？」

　などとかすみが言う。

　そのとき、もうちょっとのところで、かすみの口は疾走して、

「それならあなたの七人も自慢できないわね」

　とでも言いそうになる。

　しかし決してそこまで言わずに、自然にブレーキがかかるのである。このブレーキのかかり具合は、そんなにわざとらしくなく、又、危機迫るという趣きがあるわ

けではない。景一のほうもそうで、はじめは無意識に週刊誌の写真を見せるのだろうが、それ以上、身辺に危険を及ぼすような註釈《ちゆうしやく》をつけるわけではない。

こうして、いつも事なく済んでしまう。済んでしまうが、その瞬間、かすみの頭を稲妻のように、何かがスッと通りすぎることも事実である。しかしそれは又忽《たちま》ち忘れられて、しこりを残すことがない。

何よりの禁句は、エル・ドラドオの浅子のことだった。

浅子が結婚式場へ現われもせず、新婚旅行の妨害に来もしなかったのは、それが一体、浅子がまだ結婚の事実を知らないためか、知って景一がうまく納得させた結果であるか、そのへんが一向にわからない。かすみも決してそれを景一にきいたことはないが、あれほど一時は思い乱れた彼が毎日のんきに暮しているところを見ると、後者かとも考えられる。いずれにしろ、事実はまだあいまいなまま、未解決のまま、かすみの平和な生活の地平線に、ひっそりと小さな黒い雲のように、動かずにいるのである。

かすみは一人で昼間、じっとしているうちに、ふとそれを考えて不安にかられることがあるが、一度知恵子に電話をかけて助けを求め、何とかきれいに解決したいと思いながら、折角の静かな幸福がそんなことが端緒になって崩れるのがおそろしく、あいかわらず、薄い硝子《ガラス》の金魚鉢を捧《ささ》げ持っているような心境になってしまう。

——しかし十二月に入った或《あ》る日のこと、突然怖れていたことはむこうからやって来た。

21

それは忘れもしない十二月九日の午後四時すぎだった。晴れた日だったが、日はすでに傾いて、アパートの窓から、からっ風に吹きまくられている谷あいの葱畑《ねぎばたけ》が、木々の枯枝のあいだに眺められた。

落日は丁度西に当る欅《けやき》の巨木の枯れた梢《こずえ》に、ふしぎな燃えている鳥の巣のように懸っていた。繊細な枯枝はその緋《ひ》いろの巣を支え、その巣からは、何か奇怪なものが巣立ちそうだった。

今晩の夕食はポーク・チョップにするつもりで、豚肉は景一がかえってから火にかけることにして、かすみはそれにかけるアップル・ソースを作るために、キチネットで林檎《りんご》を刻んでいた。ラヂオのジャズをかけっ放しにして、台所仕事をするのが好きだった。いつの間《ま》にそういうふうになったのかわからないが、かすみは学生時代、ジャズ喫茶で試験勉強をする知恵子にたびたび付合わされたのを思い出した。

かすみはふと知恵子のことを考えた。牧が女と同棲《どうせい》しているというあの調書については、一度言いはぐれるとなかなか言い出すキッカケがなく、まだ知恵子の耳に入れていなかった。しかも知恵子は、いつになく牧にだんだんまじめな感情を抱くようになって、たまにかすみに会うと、牧のことを褒めるのだった。知恵子のそんな言葉をきくと、ますますかすみは何も言えなくなってしまった。

こうしてひとりで林檎を刻んでいると、学校時代のことをなつかしく思い出しはするが、それは硝子《ガラス》の壁のむこう側の景色のようで、あんなに身近に感じられた友だちの哀歓、その小さな幸福や不幸も、今では屋上から見下ろす人の往来《ゆきき》のように、小さく豆粒ほどに見えるのである。別に自分が冷たくなったとは思わない。エゴイストになったとは思わない。しかし結婚して一ヶ月もたてば、大した苦労を嘗《な》めなくても、女は十分現実を知ったという自信を持つようになる。かすみには未婚の学友たちの恋愛物語なんか、急に子供っぽいものに思われてきたのである。

——ベルが鳴った。

ずいぶん早い景一の帰宅にかすみはおどろいた。ドアへ走り寄って、鍵《かぎ》をあけながら、

「なんて早いの。まだお台所の最中よ」

と大声で言いかけたが、そこに立っているのは若い女で、見た瞬間に、かすみは、あッ、エル・ドラドオの浅子だわ、と直感でわかった。かすみの顔からは血の気が

引いた。

女はかすみがかねて想像している顔立ちとは、ほとんど似ていなかった。目は大きかったが、ひどく疲れて血走っていた。顎《あご》がすぼまっていて、整った肉の薄い鼻も、どこか貧相な感じを与えた。全体として、美人は美人なのだが、あんまり線のくっきりした絵を見るような下品な感じを与えた。くっきりした線が、目もとにも鼻のわきにも、すこし尖《とが》った唇の下にも、それなりの陰翳《いんえい》を伴うわけだが、それが影ではなく汚れのように見えた。着ているものは緑いろのトッパーで、襟元に煉瓦《れんが》いろのスカーフを巻いていた。これは一寸《ちょっと》いい配色だった。……顔色を変えながらも、これだけのものを咄嗟《とっさ》に見てとったので、かすみも全然度を失っていたわけではなかった。

「どちら様」

「浅子っていえばわかるんです。御主人お留守？」

「ええ、留守ですけど」

「それじゃ待たしていただくわ」

女はどんどんうしろ手にドアを閉めて上り込んで来た。この様子には一種の有無をいわせぬ勢いがあって、かすみは止める暇がなかった。浅子は居間の椅子に外套《がいとう》を着たまま向うむきに坐《すわ》っている。

かすみはひどい動悸《どうき》がしていたが、ここで黙っていたら、一方的な勝負になるような気がして、

「外套お脱ぎになったら？　今ストーヴをつけますから」

と言った。この声がかすみには自分の声とは思われないほど澄んだ美しい声になった。胸はドキドキしているくせに、意識しないところでシャンと胸を張っているものがあって、声が理想的な「若奥様」になっていた。この声にむこうもおどろいたらしかった。

黙って半分腰を浮かしたまま、だらしのない恰好《かっこう》でトッパーを脱ぎ、尻《しり》に敷いた裾《すそ》の部分を引っ張った。それをうしろから見ながらかすみは考えていた。

『泥棒って恐怖心でいっぱいな点では、被害者以上だっていうわ。こっちもしっかりしなければ』

彼女は浅子がうしろ向きにのろのろ外套を脱いでいるあいだ、ちょっと壁鏡に自分の姿を映してみた。ベージュの丸首のスウェーターにエプロンをかけ、いかにもきびきびした服装で、景一がいつかえって来てもいいように、夕食の仕度の前にお化粧をする習慣だから、顔も浅子のくたびれた表情に比べれば格段にいきいきしていた。それを見ると、こんな不気味な事件の最中にもかかわらず、かすみは何だかちょっと娯《たの》しい気がした。

浅子は外套を脱ぐと外套掛へかけに立った。下には紫いろのスウェーターに、金《きん》鵄勲章《しくんしょう》みたいな大きなペンダントをぶら下げていた。かすみは立ち寄って、その外套をうけとって、外套掛にかけてやった。死んだ獣をうけとるようないやな感触だったが、かすみはばかに甲斐甲斐《かいがい》しく立働らく必要を感じて、外套をかけ了《おわ》ると、部屋にあかりをつけ、それからすぐ瓦斯ストーヴのところへ飛んで行って、しゃがんで火をつけた。浅子はさっきと反対側の椅子に腰かけて、じっと戸口のほうを見ていた。帰ってきた景一にとびかかる身構えを作ろうというのにちがいない。

「じゃ、どうぞこれでもお読みになって」

とかすみは、テーブルの下から二三冊の週刊誌を引っ張り出して置くと、そのまま台所へかえって来てしまった。

ちらりと横目で見ると、女は大人しく週刊誌のページをめくっていた。

『あの分なら大丈夫だわ』とかすみは考えた。『でももし、景ちゃんを殺そうというつもりで来ているんだったらどうしよう』

そんな素振を見せたら、咄嗟にかすみも立って戦わねばならない。目が自然にフライパンの把手《とって》へ行った。それを外して手許《てもと》に置いた。危ない時にはこれで脳天を一打ちすれば利き目があるだろう。

……奇妙に緊張した時間が流れた。かすみはつづけてサクサクと林檎を刻みながら、次第に落着いて来る気持をふしぎに思うと、これが長いあいだ怖れていた瞬間だということが信じられなくなった。もちろん現在の静けさは見かけの静けさに決っている。もし浅子の目の前にある電話をとりあげて、かすみが会社の景一を呼び出して、こんな危機をしらせようとすれば、浅子は豹《ひょう》のようにとびかかって来て受話器をもぎとるだろう。又、一階の事務室の電話を借りるために、かすみがさりげなくドアを出てゆこうとしても、浅子はきっと出てゆかせないにちがいない。……ともあれこうして、景一のかえりをじっと待っている他はないのだ。それにかすみにもだんだん分別が芽生えて来て、浅子が結婚の事実をつきとめ、わざわざ押しかけてきたこの機会こそ、すべてを解決に導く好機かもしれないと思い出した。

砂糖を入れて林檎を小鍋《こなべ》で煮ながら、かすみは又浅子のほうを横目でうかがった。浅子はコンパクトで顔を直していた。つけっぱなしのラヂオのジャズは、二人の女の沈黙のあいだを、無神経に充《み》たしていた。浅子がこちらへ向って何か言ったようだった。かすみはきこえないふりをした。ふいにラヂオのジャズが途切れた。

『平気で人の家へ上り込んで来たあの女が、今度は平気でラヂオのスイッチを切ったんだわ』

そう思うとかすみの胸は、今度は怒りのために動悸を打った。

「あなた方、この九月に結婚なすったのね」

と浅子が大きな声で言っていた。声は単調だが丸みを帯びていて、尖《とが》った感じはなかった。かすみはわざと答えなかった。

「返事したくなけりゃそれでもいいわ。あなたには何の罪もないんですものねえ」

こんな子供扱いにかすみは一そうムッとした。

トッスド・サラダを作るために、レタスを千切って洗っているかすみの手は、怒りのために慄《ふる》えていた。何の罪もないものが、どうしてこんな屈辱的な目に会わなければならないのかわからない。しかし、一から十まで、かすみに罪がないとはいえない。有栖川《ありすがわ》公園で景一と結婚の約束をしたあの日、その直接の動機になったのは他ならぬ浅子で、考えようによっては、浅子は結びの神でもあるのだ。

このところ景一の仕事は暇で、暇なときは定刻前にかえしてくれる会社なので、もう帰ってくる時刻だった。かすみは心の中でいろいろ計算していた。ここで昂奮《こうふん》してはいけない。自分も怒ってはいけず相手も怒らせてはいけない。もう完全に出来上った自然な夫婦のかたちを見せてやるのが一番いいのだ。

かすみはふとバルコニイに干し物がしてあったのを思い出した。景一のシャツ二枚を洗って干しておいたのだった。

かすみは坐っている浅子の前をとおって、バルコニイのドアをあけようとした。

「どこへ行くの？」

今度は尖った声で浅子が言った。かすみはつとめて素直に答えた。

「干し物をとりに行くのよ」

これはこうも言えた筈《はず》である。

『自分の家の干し物をとりにゆくのまで、お許しを得なくちゃいけないの？』

しかしかすみはそういう風には言わなかった。この女の目に、できるだけ平静な、出来上った主婦の生活を見せてやるのが一等いい。バルコニイへ出ると、ひどく寒かった。日はもう沈み果てて、空は残光に白く映えているだけだった。しかし眼下の樹々や小石の数々まで、夕空の白い光りの下に却《かえ》ってありくと見えた。

干し物は浅子の椅子からは全然見えないバルコニイの一角、寝室の前の部分にかけられていた。

そのときアパートの門へ入ってくる景一の姿が見えた。これは実に仕合せな偶然で、これを見た瞬間に、かすみは神様の加護を感じた。冬でも外套を着ない景一は、学生っぽい紺のバンドつきのコートに無帽で、バルコニイを見上げながら、門を入って来たのである。

かすみは取り込みかけたシャツをそのままにして、手で大きく輪をかいて、室内を指す仕草をした。景一はわからないような顔つきで立止った。かすみは符牒《ふちょう》のありったけを頭に呼び起し、何とか景一が部屋へかえるまでに、心構えを与えておくべきだと考えた。それから小指を出し、ついでコップで毒を嚥《の》む仕草をやってみせたが、これは景一には通じないらしく、しきりに「わからない」というしるしに手を振っていた。しかしこんな無言劇が冗談ではなく、真剣にやっているらしいことは、景一にもわかったらしかった。

とうとうかすみは、一字一字、アサコと空中に書こうと思い、アを書き出したが、これがどうしても景一には通じなかった。あんまり永くバルコニイにいたら、浅子に怪しまれるだろうと気が気ではなかったが、景一は突然不安を感じたらしく、「今すぐ行く」というしるしを見せて、まっすぐ玄関へ入ってしまった。

かすみはがっかりしたが、こうして景一が浅子に顔を合わせる前に、少しでも意志を疎通させることができたので満足だった。それは、ともあれ、何程かの勝利である。いそいでシャツをとりこんで、台所へかえってくるとき、浅子をちらっと眺めたが、彼女は気がついていないらしかった。かすみはどうやって景一を迎えるべきかを計算していた。それをごく自然にやらなければならない。

突然ドアのベルが鳴った。浅子がビクリとするのが見えた。かすみはすましてドアのところへゆき、にこやかにドアをあけた。そしていつものように良人《おっと》の接吻《せっぷん》をうけるために頬をさし出した。さし出しながら、指で彼のお腹《なか》をつっついた。

景一のハッとした顔に向って、かすみは朗らかな美しい声を浴びせた。

「あの方、さっきからいらしてお待ちなのよ」

「どうして上げたんだ」

景一が押えた低声《こごえ》で言ったが、その声は慄えていた。かすみはいよいよ朗らかに、大きな声で言った。

「だって、お止めするひまもなく、いきなり上ってらしたんですもの」

そして手早くコートを脱がせながら、

「今夜のおかず、お好きなポーク・チョップよ。お客様のご用がすんだらそう仰言《おつしや》ってね、すぐ火にかけますから」

こういう会話は、一人ぼっちの女との間に固い岩の壁を立ててしまうようなものだった。景一もかすみの意外な態度から、すぐ自分のとるべき態度を察したらしい。

『刺戟《しげき》しちゃだめよ。自然におやんなさいよ』

とかすみは目で知らせていたし、それにこたえた景一の感謝の目もよくわかった。おびえ切った彼はこんな場合、かすみが見捨てるどころか進んで協力態勢を敷いてくれたのにすっかり感謝して頼り切っているのがわかった。

かすみはその目を見ると安心して、ますます母性的な寛容な気持になり、二人を置いてさっさと台所へ入ってしまった。しかし耳はどうしても、良人と女の対話に集中していた。そこでかすみは水音や物の煮える音を立てないようにして、キチネットの椅子に掛けて、家庭料理全集かなんかを読むふりをしていた。

「どうしてここへやって来たんだ」

とやはりおずおずした口調で、景一の言っているのがきこえた。

「たしかめたかったからよ」

「誰にきいたんだ」

「そんなことどうだっていいじゃないの。私だって手蔓《てづる》がないわけじゃないんだから。……でもショックだったわ。結婚したことをきいたのが一週間前で、それから一週間は、何とかここを見つけ出すことで頭がいっぱいだった。夜も寝られなかったわ」

「そりゃあ気の毒したね」

かすみは『あ、まずいことを言う』と思ったが、果して浅子の声が急に高くなった。

「何て言草！　何て挨拶《あいさつ》！　あなた、男らしくないわよ。こそこそ逃げ隠れて結婚するなんて。それならそれで、ちゃんと話をつけてからにしたらいいじゃないの」

「だって話のつけようがないじゃないか。君は結婚してくれなきゃ死ぬと言って僕をおどかしたんだから」

「意気地なしね」

それからしばらく沈黙があった。沈黙があまり長いので、かすみは心配になってのぞいてみた。景一も浅子も、目を窓のほうへやって、凍ったような姿勢でじっとしていた。

「どうしようっていうんだい？」

とやがて景一がぽつりと言った。

「どうもこうもないわよ。ここへ来るだけでよかったの。ここへ来るまでは、まだ少し希望があったわ。毎晩、あなたの新居がどんなところだろうと想像しているのが、満更たのしくないこともなかったわ。ふふ。へんね、まるで自分の家みたいな気がして……」

「いやみをいうなよ」

「いやみじゃないのよ。……でももういいの。来てみて気がすんだ。これでみんなわかったの。あなたにもこうして会えたし……」

浅子の立上るけはいがして、

「帰るのか」

と、安心と驚愕《きょうがく》のまじった口調できいた景一の声に、お人よしが丸出しだと思って、かすみも可笑《おか》しくなる余裕が出たほど、ほっとした。すべては意外に簡単にケリがついた。案ずるより生むが易しとはこのことだ。沢井の結婚申込を父がうけた日もそうだったし、結局私の冷静な配慮がいつも役に立つんだわ、とかすみは多少己惚《うぬぼ》れた。

かすみはあまり敏感に立上るとこれ見よがしなので、わざとのろのろ身をめぐらして、

「あら、もうお帰り」

と緑いろのトッパーをとりに立った。

「ええ、お邪魔しましたわ」

と言っている浅子の目がすこし変だった。白目《しろめ》のところがばかに多いようだった。黒い瞳《ひとみ》が何だか小さくすぼまって、目の前のものを見ているようでなかった。

しかし浅子は大人しくスカーフを首に巻き、トッパーを着た。

「じゃ、さようなら」

と浅子が言った。そしてじっと景一の目を見つめているのが、かすみにはうしろからわかった。

景一が入口のドアをあけた。すると浅子はそこから出て行こうとせずに、急にはしゃいだような甲高い声で言った。

「あら、こっちからじゃないのよ。あっちから帰るのよ」

浅子の肩ごしに景一が不審そうな目をかすみと見交わした途端、浅子の体はものすごい勢いで、さっきかすみが干し物をとりに出たバルコニイのドアへ向って突進

した。一瞬の間《ま》を置いて、景一がそのうしろ姿へ飛びついた。

バルコニイへのドアはバタンとあけひろげられ、緑いろの大きな鳥が急に翼をひろげて飛び翔《た》ったように、浅子の体が鉄の手摺《てすり》から向う側へ飛び込みかけた。しかし景一は危うく間に合った。

このときの景一の処置は、実にアパート生活者として模範的であったと思われるのだが、浅子の体をうしろから羽交い締めにした彼は、人目につくバルコニイなかでモタモタせずに、一挙にその体を室内へ引きずり込み、

「ドアをしめろ！」

とかすみに向って叫んだのである。

かすみは、飛び上って、入口のドアを閉め、それからバルコニイのドアを閉め、ほっとしてふりかえると、景一の腕の中でぐたりとなった浅子は、彼の手をふりきって、床の灰いろのナイロン絨毯《じゅうたん》の上にうずくまり、おそろしい泣き声を立てているところだった。

これは実に異様な泣き声で、いつまでもつづいているので、立ったままの景一とかすみは、まだはげしい動悸《どうき》が納まらぬまま、手を求め合う暇があった。握った景一の手もかすみの手も小刻みに慄《ふる》えていた。そして何度か目を見交わして、二人とも完全に一心同体になっているという感じがした。

浅子は、かすれた笛のような声を立てていた。それが断続的につづいて笛がときどき何か汚ないブザーのような音に変った。このうつぶせになっている緑いろの固まりはやがてもぞもぞと動きだした。よろめきながら立上ったうしろ姿は、まるで六十歳の女のように見えた。うしろを向いたまま、

「御迷惑をかけましたわ。さようなら」

と靴を穿《は》きだした。

「送ってあげた方がいいわ」

とかすみが、半分まだ悪夢の中にいるような声で言った。

「そうだ」

と景一が近づくと、浅子はおそろしい勢いで、景一の腕をはねのけた。その睨《にら》んだ目つきのおそろしさは、乱れた髪とくちゃくちゃの顔と共に、かすみには終生忘れられないものだった。かすみの体は又小刻みに慄えてきた。

「送ってなんか下さらなくていいのよ。立派に一人で帰れますから。もう、見せかけの親切はごめん」

「そう言うなよ、まあ……」

と景一があいまいに言いかけたが、浅子は更に手きびしくはねつけた。

「うるさいわね！　送ってきたら、廊下で大声をあげるわよ。女たらしの、人非人

の沢井景一って、そこらじゅうに怒鳴ってやるわ。それが怖かったら、送ってくるのはやめて頂戴《ちょうだい》。そら、怖いんでしょう。……とにかくもう私は大丈夫よ。一人で帰って一人で生きて行きますから」

景一がたじろいでいるあいだに、ドアは外側から閉まり、意外に平静な靴音がコツコツと廊下を遠ざかった。夫婦ははりつめた気持で靴音をきいていた。とうとう耐えきれなくなって、ドアを薄目にあけた。二人とも無言だった。階段をゆっくり下りてゆく規則正しいハイヒールの踵《かかと》の音がきこえた。

二人はすっかりこの部屋にとじこめられた気持になった。今度は、バルコニイのドアを薄目にあけて、そこから辛うじてのぞかれるアパートの門のあたりをじっと見つめて待った。しばらくして、浅子の緑いろのトッパーが、ほのぐらい門灯のところに現われて、一度もふりかえらずに、生垣のかなたの闇に消えた。

……そこまで見ると二人はグッタリして、居間の長椅子に腰かけた。やがて景一の手がかすみの手を上から握ったが、かすみはそのままじっとしていた。

部屋はあかあかと灯《とも》し、壁時計の時を刻む音と、ストーヴの鈍い音だけがきこえた。

こんな事件の裏にひそむ、男と女の入りくんだ感情は一応棚上げにして、今かすみは、結婚以来、夫婦が本当に力をあわせて戦ったあとの満足感に酔っていた。それは洪水とか火事とか、突然外から襲いかかる力に対して、夫婦が美しく緊密に協力して、ついに勝利を得た喜びと似たものであった。そこには、わずか数ヶ月の結婚生活ながら、一緒に朝夕を暮している男女の間でしか働らかない、いうにいわれぬ黙契の力がひそんでいた。

「ごめんね。迷惑かけちゃった」

とやがてぽつりと景一が言って、かすみの手の甲を軽く叩《たた》いた。

「いや、そんなこと言っちゃ」

かすみは強く怒ったように言ってその手をふり切ると、立上って台所のほうへ歩いた。

「そろそろ晩ごはんを上るでしょう」

「おどろいた。君は豪胆だよ。とてもすぐになんか喰《く》えやしない」

「弱虫」

二人ははじめて笑って目を見交わした。

その瞬間だった。二人とも急におそろしくなったのである。とりかえしのつかぬ過失をしたような気がして、笑っていた目が俄《にわ》かに不安に閉ざされた。

「あれからあの人どうするつもりでしょう」

「今僕もそれを考えたところだ。やっぱり送って行くべきだったろうか」

「何をやりだすかわからないわ。あの調子なら……」

悪い予想が雲のごとく群がり湧いた。帰るとすぐ女は、悪意のある遺書を書いて景一の会社へ出し、そのあとで毒を嚥《の》むかもしれなかった。

「しまった。とにかくつかまえておいて、病院へでも連れ込むべきだった」

「だって病人でもないものをどうして……」

「それじゃ警察だっていい」

「警察がいちいち保護なんかしてくれるもんですか。それにこっちのことを根掘り葉掘りきかれるのがオチだわ」

「あの女の親戚《しんせき》かなんかいないんだろうか」

「そんなこと私が知るもんですか」

「弱ったな。あのままではすまないぞ」

「私もそう思うわ」

「かすみ、どうしたらいいんだ」

景一の顔は半ば泣きだすように歪《ゆが》んだ。これはかすみがはじめて見る良人《おっと》のあらわな弱さだった。その顔は東京駅で芸者に泣きつかれているときの暗い何ものかに耐えている表情にも似ていず、まして父の前で見せる模範社員の明るい微笑にも似ていなかった。完全に打ち砕かれた男の顔で、荒涼とした敗北感のほかには何もない顔だった。

かすみはその頭を自分の膝《ひざ》の上に抱いた。良人の頭は彼女のタイトなスカートの腿《もも》に重たく、火にあたためられたポマードの匂いが鼻についた。こんな弱虫の景一が多少幻滅でないこともなかったが、一方、良人がこんなに彼女に甘えたところを見たのもはじめてで、こうまで頼られると、この打ちひしがれた景一の顔こそ、紛う方ない「かすみの所有物」だと思われてくるのだった。これは他の誰にも彼が見せない顔にちがいなく、それならば、これこそかすみ一人が知り、かすみ一人が大事に持っているべき財産だった。

……云いしれぬ不安に包まれながら、かすみは膝の上の良人の髪を撫《な》でて思っていた。

『これこそ多分、私の求めていた理想の結婚生活だったんだわ。うちのお父さまとお母さまなんか、一度も味わず、夢にさえ見たことのないようなスリリングな生活！　私の平穏無事な家庭の幸福を信じ込んでいるお父さまが、これを知ったら、どんなに目を丸くしておどろくでしょう。娘を不幸にしてくれた、といって景ちゃんに喰ってかかるでしょう。でも私、どんなことがあったって景ちゃんを離しはしない。……だって今の私は、幸福にちがいないんだもの』

戸外はもうすっかり冬の闇に包まれ、澄んだひろい夜空には星がいっぱいきらめいている筈《はず》だが、ストーヴの温気《うんき》に白く曇った窓硝子《まどガラス》は、わずかにそれを想像させるだけだった。

22

そのときかすみの感じた幸福感は、なるほど嘘ではなかった。しかしそのときだけで納まると思った不安は、時毎に日毎に強くなった。それは夜の眠りまで侵し、その晩かすみは悪夢に襲われて、ダブル・ベッドの上にはね起きて、景一までも起してしまった。そこに景一がいたのが実に安心で、ほとんど信じられなかった。夢の中では浅子が自殺し、かすみは家に取り残され、景一は浅子のところへ行って涙を流しているのだった。

翌朝の新聞を見るのは怖かった。ふだんは見ない三面記事の片隅の、小さな自殺のニュースをつぶさに読んだ。今さらながらかすみは自殺者の多いのにおどろいた。しかし浅子らしい名は見当らなかった。

こんなときに心配を打明ける友達がいないのは、情ないことだった。親兄弟にも秘密にしておくべき問題で、打ち明けられるのは知恵子だけだが、その知恵子が今ではあんまり子供っぽくて、たよりにならないように思われた。しかしどう考えても知恵子のほかに、人はなかった。

景一は妙に楽天的で、あるいは楽天的に見せかけているのかもしれないが、明日一日だけ心配そうな顔をしていて、二日目にはもう、

「きっと狂言だったんだろう。ただのイヤガラセさ。僕がとめるのを見越してたんだ」

などと言っていた。

「なんとか親戚か何かをみつけて、保護してもらう方法はないの？」

「そんなことをしたらヤブヘビじゃないか」

「他に何かいい方法はないかなあ」

「ないよ。ほっとけばいいんだ」

事実、二日目の新聞の社会面にもそれらしい記事はなく、遺書をたずさえた刑事の来訪などという事態は起らなかった。

景一の勤め先の上役の父は、かすみに届けたいものがあると、黙って婿の机の上へ置いて行った。その中に走り書きの手紙が入っていたりすることがある。

到来物の干柿のお裾分け《すそわ》けに、こんな紙片が入っていた。

「そろそろクリスマスだね。プレゼントを上げたいと思うが、景一君とお前のほし

いものをしらせなさい。ただしあんまり世帯じみたものはダメ。それからあんまり高いものはダメ。値段の頃合はキャラメルより高く、ダイヤモンドより安いあいだで、健全なる良識で判断すべし。お母さんも、風邪も引かず元気だから、安心しなさい。それから、庭の菊はそろそろおしまいだが、要るのだったら、女中に届けさせよう」

こんな手紙を読むと、さすがのかすみも、何も知らぬ父が不憫《ふびん》になった。

景一は毎日お勤めに出かけるから、それだけでずいぶん気がまぎれる筈だった。社会と経済の大きな歯車が唸《うな》りを立てている中で半日をすごせば、一人の女の自殺未遂事件なんか、埃《ほこり》だらけの床《ゆか》に落ちた一本のピンのように、たちまちどこかへ紛れ込んでしまうだろう。

かすみはそうは行かなかった。一日家にいると、電話と戸口のベルの鳴るたびに不安な動悸《どうき》がし、夕刊が配達されれば三面記事ばかりが気になり、郵便のなかにも浅子の脅迫状か匿名の手紙が入ってていはしないかと気をつかった。気晴らしに一人で近所の映画館へ出かけても、留守のあいだに黒い影が部屋にしのび込んで、ふだん飲むコップや茶碗《ちゃわん》の内側に、丹念に復讐《ふくしゅう》の毒を塗りつけている有様が浮ぶのであった。

とうとう三日目に、かすみは知恵子に電話をかけた。もう冬休みに入っているので、知恵子は家にいた。

「しばらくね。元気？」

知恵子ののどかな声がひびいた。その声をきいただけで、永年のカンで、かすみは知恵子が何か特別の幸福感にひたっていることがわかった。

「話があるんだけどな……」

「いいわ。会ったげる。かすみのスイート・ホームへ行こうか？」

「それより外で会うほうがいいわ。ほら、お知恵がよく試験勉強をしてたジャズ喫茶……」

「パサデナ？　いいわ。でも、かすみも昔をなつかしむようになったかな」

――まだ午前十一時なので、パサデナはガランとしていた。バンドの昼の部は午後一時からはじまるのだった。しかしこの店はいつも騒音が渦巻いていないと客が寄らないらしく、レコードの拡声器をフルにして、プレスリーの「ざりがに」をかけていた。例のお化け化粧のスラックスの娘たちもまだ現われていなかった。バンドの舞台の上にも、譜面台が片寄せられて、さめた夢のような白けた気分を醸《かも》していた。

「こりゃあ丁度いいわ。話をするにもいいし、青春の夢さめはてぬというムードにもうってつけだわ。どう？　あの舞台の上の埃！　ろくすっぽお掃除もしないのね」

と知恵子はよろこんでいた。

知恵子は、外套《がいとう》を脱いだかすみの黒っぽいテイラード・スーツをほめた。

「シックね。全然若奥様風だわ。でもそんな恰好《かっこう》するの、少し早いんじゃない？人妻ですよ、ってデモンストレーションじみるんじゃない？」

「余計なお世話よ。それはそうと、あなたまだスキーへ行かないの？」

「クリスマスすぎたら行くつもり。彼氏、二十七日からお休みになるから」

「まあ」

とかすみはちょっと眉《まゆ》をひそめた。

「この旅行、とても前から、遠大なる計画なのよ」

「そう。御成功を祈るわ」

「話って何よ」

かすみはかいつまんで三日前の大事件と、その後の心の動揺のことを話した。

「まあ、いよいよ現われたのね」

と知恵子も深甚な興味を示して、ピンクのモヘアのカーディガンの小さな釦《ボタン》を引張りながら夢中できいていた。

さて、かすみからいい解決策や、事態のその後の進行の推理をたずねられると、もちろん知恵子は何も言えなかった。それは彼女の世間観を完全にはみ出した問題で、いずれにしろあんまりシリヤスすぎた。いくらきいても、知恵子が捗々《はかばか》しい返事をしないので、かすみもあきらめて、こう言った。

「まあいいわ。私も、洗いざらい喋《しゃべ》っただけで、どうにか気が軽くなったから。それ以上どう心配しようもない問題ですものね。それじゃ、今度はお知恵の話をきくわ」

知恵子は待ちかねていたように喋りだした。話はみんな牧のことで、俊雄の話は一つも出なかった。牧との昼休みのあいびきはまだつづいていたが、それはもう、むかしの知恵子流の子供っぽい恋愛遊戯ではなかった。知恵子は生れてはじめての接吻《せっぷん》を牧から与えられ、昼間から海底のような照明を漂わせている地下室の同伴喫茶で、もっと進んだ愛撫《あいぶ》をも教わっていた。知恵子のロマンチックな目には、あのぼやぼやした肥《ふと》った青年が、夢の騎士みたいに映るらしかった。今度のスキー旅行は、家にはもちろん学校友達と行くように拵《こしら》えてあるが、彼女の人生の最初の冒険的な旅行になる筈《はず》だった——。

——きいているうちに、かすみはだんだんイヤな気がしてきた。

——さっきは一旦《いったん》気分が軽くなったのに、この話をきくうちに、又胸が別の重苦しい不安に閉ざされた。目の前の知恵子が、危ない橋を渡っているという不安もさることながら、何か、じりじりと自分のうしろからも火の手が迫って来るような、それに対して知恵子が無神経そのものに見える怒りもまじって、かすみは暖房のきすぎた室内の甲高い音楽に頭が痛くなった。

次のような忠告をかすみが突然はじめた心理が、時期を失していたことは別としても、ただの友情や親切心だけからではなかったことは、言っておかなければなるまい。これは実にふしぎな女同士の心理で、かすみの心にはそのとき得体のしれない不合理な憎しみもあったのだった。それから勿論《もちろん》、そのことを知っていて今まで言わずにいた自分自身への怒りも。又、その怒りの反動である、へんな息苦しい八ツ当りの心理も。

かすみのために弁護しておけば、とにかくここ数日彼女の「冷静な」心は、ひどく平衡を失していたのである。

「ねえ、牧さんのことね、あなたにとうとう今まで言う機会がなかったんだけど、かなり確実な悪いニュースがあるのよ。牧さんってあなたの考えてるような人じゃないわ。あの人はね……」

――それにかすみらしくもなく、おためごかしの余計な註釈《ちゆうしやく》をつけた。「これはね、あなたが私の相談に乗ってくれたお礼と言うよりも、全然友情から、心配なあまり言うんだから気を悪くしないでね」

知恵子の顔が急に強《こわ》ばって、きつい目つきで次の言葉を待っていた。かすみはとうとう言ってしまった。

「牧さんはね、もう二年も前から酒場の女と同棲《どうせい》して、事実上の御夫婦になっているんですって。同じアパートに住んでいたところから好きになったんだそうだけれど、牧さんはこの同棲生活を極秘にしていて、お友だちが訪ねて来たりすると、彼女をあらかじめ部屋の外へ出しておくんですって。……だから、あなたとお昼すぎにしか会わないのもわかるし……」

「うそよ！　それは私が、家《うち》へ晩ごはんに帰らなければならないからだわ」

「だってお知恵、彼のアパートを訪ねたことある？」

「ないわ」と言っている知恵子の顔はさっきとすっかりちがっていた。目は血走り、顔全体が憎しみに燃えさかっていた。長い友達附合のあいだにも、こんな顔を見たことがなかったかすみは、自分の言葉の意外な怖ろしい反響に不吉な予感がした。

「ないわよ！」

と知恵子はもう一度言った。そしてかすみを睨《にら》んだまま、へんに乾いた声で矢継早に言った。

「それがどうしたのよ。訪ねたって、訪ねなくたって、余計なお世話よ。あなたなんかにそんなこと言われるおぼえはないわ。牧さんのことなんか探り出すひまがあったら、御自分の大事な御主人をもっと監視したらどうなの？　え？　かすみって、いつからそんなにバカになったの？　浅子って女が一週間前まで、あなたたちの結婚を知らなかったのは何故だと思って？　景ちゃんが一週間前まで独身みたいな顔をして、あの女と附合っていたからじゃなくって？　もしそうじゃないにしても、一昨日《おととい》からこっち、景ちゃんがノホホンとしているのは、ちゃんと成算があるからだわ。あくる日早速あの女のところへ行って、附合を復活したのよ。そうとしか考えられないじゃないの。ほかに景ちゃんに、あの女を押えるどんな手があると思うの？　もっとしっかりしなくちゃダメよ、あなたも。

すっかり丸め込まれて、あなたは景ちゃんを甘く見すぎているんだわ。目をひらいてよくごらんなさいよ」

かすみは知恵子の次の言葉に、気を失うほどの衝撃をうけた。

「これは想像だからはっきり言えないけど、あなたのすぐ身近にも、景ちゃんのお目当てがいるんじゃなくて？」

23

知恵子と会ったその日から、かすみの幸福は決定的に失われた。

一等怖ろしいのは人間の言葉の魔力である。証拠らしい証拠がなくても、耳に注がれる言葉の毒は、たちまち全身に廻《まわ》ってしまう。もうかすみは、以前のような素直な目で景一を見ることはできなくなった。

こんなときに何も知らない若い新婚の妻なら、良人《おっと》の膝《ひざ》に泣き伏して、悪い噂の真偽を良人の口からききただそうとするほうが自然だろう。

かすみにはどうしてもそれができなかった。かすみはあんまり「知りすぎ」ていた。

東京駅での景一の最初の印象、渋谷の喫茶店での会話、ジューク・ボックスの女の子への接近……そういうものが、次々と頭に湧いて来る。

そうすると、現在の景一の情事も、なまなましい現実感で想像されてきて、もうかすみは、景一の甘い釈明なんかで自分が納得しないことがわかり切っている。彼を責めて、幼稚な釈明をきいたりしたら、かえって疑惑がつのることは知れている。それなら、当の景一に泣きついたりしないほうがましというものだ。

そればかりではない。結婚したら一切二人の間に秘密を持たないと誓った彼の誓いが、こうなると妙なこだわりのタネになった。その誓いは結婚指環《ゆびわ》みたいなもので、かすみが一等大切にしている宝石のような思い出だった。彼を責め立てて、明らかな嘘をつかれたら、その瞬間に、火に投ぜられたダイヤモンドのように、この

宝石の思い出は灰になってしまうにちがいない。それを思うと、かすみはもう世間の若妻のように、

「誰それさんが、あなたが浮気しているらしいって言ってたわ。本当？」

などと無邪気に泣き崩れることは、決定的にできなくなってしまった。そんなことをするのは怖かった。かすみ一人のためばかりではなく、二人の人生のために怖かった。それを敢《あえ》てすれば、おそろしい原子雲が立ちのぼって、すべてを破壊してしまうかもしれないのだ。

『私が一人でこっそり念入りに、調べ上げなければならないんだわ。自分で納得のゆくまで調べ上げて、そうして事実無根だとわかれば、それですべては元の平和に戻るんだもの。夫婦の幸福を守るために、私は完璧《かんぺき》な探偵にならなければならないんだわ』

とかすみは、まことに奇妙な決心を固めた。

当然かすみの関心と不安はその日から一変して、もうあの自殺狂の浅子なんぞが死のうが生きようが、どうでもよくなってしまった。結婚前には、あんなに嫉妬《しっと》に縁がないと固く信じていたかすみが、嫉妬深い妻になっていたのである。

それでも実家の母からサラリーマンの妻の心得については十分叩《たた》き込まれていた

ので、かすみは会社へ電話をかけたり、会社へ出かけて行ったりすることは差控えた。その制約のなかで景一の一挙一動を念入りに検査するようになった。かすみは知的な女だったから、こういうことをすべて良人に気づかれずにやろうと努力した。明るい顔をして、やさしい言葉を使って、何も良人には感づかせずに、そっと探りを入れようと考えた。ところが、そんなやり方は、彼女の初歩的な嫉妬を不幸な情熱に変えてしまった。嫉妬は内攻して、心の奥底で一そうしつこく、くすぶりつづけることになったのである。

一見、浅子の事件はあとに何ものこさずに消えてゆくようにみえた。毎日毎日が静かにすぎてゆくことが、かえって不安で不気味でもあったが、楽天的な景一は二三日たったあとではもう安心しきっている様子だった。折から暮の忘年会シーズンで、景一の帰宅のおそい日がつづいた。アパートの一室で一人待っているかすみは、不快な妄想のかずかずに悩まされた。

『忘年会だなんて、今ごろはもしかすると、あの自殺狂の女とホテルの一室にいるのかもしれないわ。そうして甘い言葉であの女を慰めて……』

帰宅した景一は大ていひどく酔っているが、そのあとで景一の脱ぎ捨てたものをこまかに調べる自分の姿に、かすみはわれながらイヤ気がさした。景一はバアのマッチなんかは平気でポケットに入れ忘れる男だったし、かすみもそんなものに目くじら立てるほど狭量ではなかった。そんなガラクタを除《の》けると、証拠らしいものは何も手に入らず、しかもそれでかすみは満足するどころか、却《かえ》って見えないものに嘲弄《ちょうろう》されているようなイヤな気持を味わった。

夜のアパートで、一人でじっと、不愉快なことばかり考えている永い時間。……ラヂオのジャズ。軽薄なMCが、

「冬の夜をみなさんいかがおすごしですか？　美しい焰《ほのお》のもえる煖炉《だんろ》のそばで、いいえ、それが炬燵《こたつ》であっても、行火《あんか》であっても、みなさんの心は、火のそばで安らかな憩いのひとときをすごしていられる。しかし危いですよ。突然火があなたの心にぱっと燃え移る。憩いを失った不安な恋の歌、バイ・ザ・ウィンター・フレイム……」

などとホザクのをきくと、かすみはイライラして嚙《か》みついてやりたい気持になった。

ときどき隣りの部屋で風呂《ふろ》を流す音がきこえたり、客を送り出す高い笑い声の挨拶《あいさつ》が廊下からきこえたりする。それもやがてひっそり静まって、ラヂオのジャズのほかには、この世界には何の物音もない。

かすみはふと憑《つ》かれたように立上って、水蒸気に曇っている窓硝子《まどガラス》に、指で、K

EI、KEI、と景一の名を書いた。太くぞんざいに書くものだから字劃《じかく》がつながって、硝子には透明な部分がひろがった。とうとうかすみは掌で字を全部消した。すると、冬木のむこうの下弦の月がはっきり見えた。

その硝子のむこうに現われる夜景は、いつもぞっとするほど孤独に澄んでいた。谷間の家々の灯《ひ》が見渡されるが、それが一つ一つ消えてゆく。ひどく寒い凍りついた夜とみえて、道の外灯の下には人影もなく、ときどき向うの丘から下りてくる自動車のヘッドライトが、ほのかに葱畑《ねぎばたけ》を一瞬照らし出して、又夜の道へ消えてゆく。夜の闇のなかに、ぽっかり浮き出して忽《たちま》ち闇に埋もれる葱畑のみどりがなまめかしい。丘の頂き遠く、航空灯台が赤い灯を明滅させている。

……この何ともいえないガランとした冬の夜景は、かすみの心をそのままで、硝子のその透明な部分は、かすみの内面の風景を映し出す鏡である。

『景ちゃんの肩に今誰かが触っているのかもしれない。景ちゃんがゆうべ私にしたように、誰かの胴をぎゅっと両手で抱きしめているのかもしれない』

思っただけで、かすみの胸ははげしく動悸《どうき》を打って来る。

そんないやな考えからのがれようと思えば思うほど、いやな考えはますます身にまつわって来る。

『又今夜も、私は卑しいやきもちやきの妻になって、あの人のポケットというポケットを探しまわるんだわ』

これこそ、明るい学生時代には、かすみが最も軽蔑《けいべつ》した類《たぐ》いの女の姿だった。しかし今かすみはこんな風になった自分を、決して自分のせいだとは考えていなかった。すべては結婚前にかすみに何もかも打ち明けすぎた景一の軽率さのおかげだった。しかもその軽率さのおかげで景一がかすみと結婚したのだろうと考えると、又ムラムラと腹が立って来る。

おもてには明るい快活さを装っているけれど、自分は陰気な卑しい女になってしまったとかすみは自己嫌悪を自分で誇張した。自分の傷口に指をつっこんでそれをひろげるようなことをしながら、一方では、一刻も早くこんな病気を治して、明るい朝の太陽を仰ぎたいと思うのであった。

証拠らしい証拠がつかめないので、その代りに、つまらないことが一々拡大鏡にかけたように気になりだした。

景一が会社へゆくとき、かすみはバスの乗り場まで見送るのだが、そのあいだの一丁足らずの道のりが、新婚当時は、まことに甘美な朝の日課であった。かすみはそこの生垣の秋から冬への移りかわりや、古い家の庭先に残っているむかしの高い欅《けやき》並木の落葉から美しい枯枝に移るけはいや、毎朝その時間に会う近所の老婦人の散歩させている可愛いフォックステリヤや、あらゆるものを諳《そら》んじていた。

　このごろでもそれは同じで、季節のゆっくりした推移は、そんな何気ない小路の隅々にもよくあらわれていた。垣根の竹は霜に浮き上った土のおかげで、疎大な穴に竹がゆるゆると刺っているように見えた。

「クリスマスはおやじさんのお招きだな」

　と景一が言った。

「景ちゃんが気が向かなければ断わっていいのよ」

「まあいいだろう、上役と一緒のクリスマスも」

　これはききようによっては厭味《いやみ》ととれる言草だが、景一が言うとサラリと聞かれた。

「そんなことを言わないでよ。お父様はとてもたのしみにしてるんですもの」

「はじめが帝国ホテルかい？」

「ええ、旧館のほうが昔なつかしくていいんだけれどもう一杯で、新館の食堂のほうならとれるんですって」

「それからナイト・クラブかい？」

「ナイト・クラブは景ちゃんの好きなところに決めるって言ってたわ」

「じゃあ金馬車がいいな。そう言ってくれ」

話しているうちに二人はバスの停留所のところまで来ていた。そこは道がひろいので、冷たい風も幅広に吹きめぐり、始発終発の文字も錆《さ》びついて読めなくなった停留所の丸い鉄板は、風にカタカタ鳴っていた。

バスが道の曲り角に、大きな図体をもてあましているような、不器用な動きで現われて、近づいて来た。

「行ってらっしゃい」

といつものように朗らかにかすみは言った。たとえどんなことがあろうとも、良《おっ》人《と》の出勤を見送るときはニコニコしていなければならない、という母の訓《おし》えを守って。

景一は、何か考え込んでいて、すぐ返事をしなかった。そしてバスが目の前に来てから、これもいつものように、

「オッ」

という学生風な挨拶を残して乗り込んだ。

忽ち満員のバスは、坂下の冬の朝の町の彼方《かなた》へ消えた。

残されたかすみは思いに沈んだ。

『なぜ、行ってらっしゃい、と言ったとき、景ちゃんは考え事をしていたのだろう。きっと浅子のことを考えていたにちがいないわ。朗らかなあの人と、暗い目つきの

あの人とは、はじめから二重人格だったのだけれど、もう私の前では、あの思い詰めたような暗い目つきは金輪際《こんりんざい》見せなくなった。

もちろん、あの考え事が、会社の仕事のことだった、ということもありうる。でもそれなら、どうして私が、行ってらっしゃい、と言った時も時、わざわざ会社のことなんか考えていたのだろう。あれはきっと、私の、行ってらっしゃい、という朗らかな挨拶が怖くて、それをきくのがひどく良心に咎《とが》めて、咄嗟《とっさ》に、無意識のうちに、会社の仕事のことなんか考えはじめたにちがいないわ。あれが景ちゃんの逃避だったんだわ』

こんな小さなことが数重なって、だんだん疑惑を深めるので、かすみは今までつづけたことのなかった日記をつけることにした。もう町の書店には来年度の日記が棚にあふれていたが、かすみは大学ノートを買って来て、それにこまごまと毎日の疑惑を書いた。

大学ノートの灰いろの表紙と、黄ばんだ紙と新鮮な罫《けい》の印刷は、ついこのあいだまでつづいていた幸福な学校時代を思い出させた。それをすこし斜めに机の上に置いて、サラサラとペンを走らせる。風の吹きかよう教室の中に、ノートのページをめくる音がさわやかにあちこちで立つ。そんな忙しい中で、一列前の左のほうに坐《すわ》っている知恵子が、悠然と首をめぐらして、かすみのほうを向いて、ペロリと舌を出す。……

そこまで考えると、かすみの心は又暗雲にとざされ、教室の窓外にゆれていた若葉の枝々のイメーヂも飛び去った。

情ないことに今は、フランス文学史の、中世歌謡だの、ローランの歌だのの代りに、同じ大学ノートが、じめじめした嫉妬《しっと》の記録になるのである。

かすみは、毎日毎日の疑惑を書きつらねてその軌跡を辿《たど》れば、いつかパズルのように、真相がはっきりつかめるだろうと思っていた。小さな点も書き落してはならない。それをつなぐと、どんな重要な絵柄がうかび上るかもしれないのだ。

そうしてかすみは日記をつけだした。

『十二月×日

きょうは会社からめずらしく早く帰宅した景ちゃんは、大へんな朗らかさで、こんな話をした。

「かえりの電車の中でね、中年のおばさんが中年男に足を踏まれて猛烈怒ったんだ。そうしたらその中年男がこう言ったんだよ。

《おまえさん、男の下になって文句をいうことはないだろう》

お客がみんなドッと笑って、おばさんは真赤になった。君、信じられるかい？」

「下品ね」

と私は言った。

「下品は下品さ」

そう言うと、景ちゃんは急にブスッと黙って、それから口もきかなくなってしまった。あんまりしつこく怒っているので、私は御機嫌とりに苦労した。

こんな話を持ち出して私を笑わせようとしたって、その手に乗るもんじゃない。あの人は、もう一度私を、結婚前の私のような、無限に寛大な女に引戻そうとして、こんな話をはじめたに決っている。性に対しても道徳に対しても無限に寛大な女に。そうすることによって、あの人が私をどこへ連れて行こうと企らんでいるか、言うまでもないだろう』

『十二月×日
曇。風が寒い。

今朝、会社へ出るとき、景ちゃんが身仕度をするのを見ていたら、洋服簞笥《だんす》の鏡に向ってネクタイを締めながら、ニヤッと笑った。明らかに、私が見ているのには気がついていない笑いだった。私はそれを見て、すぐ目を外《そら》したけれど、あとまでもイヤな気持が残った。あれこそはあの人が、全然私を除外した場所で見せている幸福な表情だった。きっときょうも浅子か、それとも別の新らしい女と会うにちがいない。果して景ちゃんの帰宅は遅かった』

『十二月×日

…………』

——日記は毎日こんな憂鬱《ゆううつ》な記事に充《み》ち、しかも日ましに長くなって行った。

24

父の藤沢一太郎は、今や幸福の絶頂にあった。

正道も、かすみも、かねて一太郎が夢みたとおりの幸福な市民的な結婚をして、若い二人だけのアパート生活をつづけて、およそ日本の古いいやな慣習を払拭《ふっしょく》した、典型的な新時代の結婚生活を送っていた。一太郎は自分の若いころを考えると、かれらが実に羨《うらや》ましかったが、この羨望《せんぼう》こそ、彼の得たもっとも美味《おい》しい果実であった。自分が結婚した当時、どんなに老人たちに悩まされたか、妻もどんなにそれで苦労し、自分も板ばさみになって苦しんだか、今思い出しても、一太郎はその陰惨な毎日の記憶にぞっとせずにはいられない。

今や一太郎は、その上初孫まで得たのだった。正道の妻の秋子は、十一月に男の児を生んだ。玉のような男の児。「玉のような」とは何と巧《うま》い形容だろうと一太郎は思っていた。明るい薔薇《ばら》いろをした堅固な玉。弾む玉。野球のボールのように力強く飛びまわる玉。それは飛び出して、ころころ転がって、両親や祖父母の膝《ひざ》の上へ跳ね上り、笑う玉、喜ぶ玉、きらきらした国旗の旗竿《はたざお》の玉のように青空に浮び上り……、それを見るだけでみんなに幸福な気持を起させるのだ。

気持がいつも初孫のほうへ行っているので、このごろかすみがあんまり訪ねて来ないままに、一太郎は景一夫婦のほうは巧く行っているものと決め込んでいた。今のたのしみはクリスマスの晩の一家団欒《だんらん》で、これこそ一太郎がかねて夢みていたとの実現だった。そこへ初孫も出て来られれば申し分ないが、いくら何でも生後二ヶ月足らずの赤ん坊を、帝国ホテルのダンスへ招待するわけには行かないだろう。その日の夫婦の留守のアパートには、小児科病院にたのんで有能な看護婦を一晩借り受け、それにベビイ・シッターをつとめさせればいい。

一太郎は会社から戻ると、毎晩妻のかよりを相手に、クリスマスのことばかり話した。

「プレゼントはやっぱりその晩に手渡すほうがいいだろうな」

と一太郎は何度も同じことを相談した。相談と云っても、かよりはいつもただ同意するだけだから、本当の相談にはならない。

「それがよございますわ。その日まで中身は一切内緒にしてね」

らかにそう言った。

「その点は家が別々だと便利だ」

一太郎はかすみが結婚してからしばらくのひどい淋《さび》しがりようを忘れたように朗らかにそう言った。

明る晩に、又一太郎は同じことを妻に相談した。

「やっぱり考えてみると、プレゼントは前以《まえもっ》て送ったほうが無難なようだ」

「それもそうですね」

「その晩持って行って渡すと、そそっかしい連中のことだから、かえりにどこかへ落っことしてしまうということもありうる。やっぱり前に自宅へ送ろう。赤ん坊へのプレゼントもあることだし」

「そのほうが無事ですよ」

二組の若夫婦へは、えこひいきのないように、良人《おっと》にアメリカの新型カフス・ボタンが、妻にはイタリー製のハンドバッグが送られ、初孫には、気の早い話だが、アパートの廊下も押して歩けるような、アメリカ製の軽い腰かけ式乳母車が贈られた。

一太郎はアメリカ人たちが、いかにクリスマスの贈物に散財するかを、この目で見て来たのだった。そしてそれをうるわしいことだと思い、日本の御歳暮や御中元が、いかに真心のこもらない形式化した習慣になっているかをなげいていた。彼の生活の理想は、アメリカ人たちの明るい悩みのない人生だった。実際の話、アメリカ人たちがみんな明るくて悩みがないとはとても考えられないが、旅行者としての一太郎の目に映った感想はそうだったのである。

あの小都会の明るい住宅地、塀も垣根もない家々、どこの家にもいる犬、窓のかげにのぞくプリントのカーテン、日曜日の芝刈機……そして一歩その中へ入ると、隅から隅まで清潔な明るい生活、月賦販売の快適な家具、金曜の晩のポーカアの集まり、威厳のある良人と花やかな細君、ピチピチした子供たち、……何もかもが透明で、この世の悩みや苦労や、じめじめした心配事を、みんな電気掃除機で吸い取ってしまったあとのようだった。

一太郎のこんな観察はまことに浅薄というべきだが、日本の困難な現実の中で、技師上りの重役になるまでの彼の半生から見た幻想と思えば、そう見えても仕方がなかったろう。

いよいよクリスマスの晩が来た。一家は帝国ホテルの新館のロビイで待ち合わせる約束だった。

街はクリスマス・イヴの人出でもう歩くのに難儀だった。景一とかすみは早くから家を出て、その人出を見物するために銀座へまわった。酒は焼酎《しょうちゅう》でも足り、紙の帽子や仮面は露店で安く売っているので、クリスマスらしい酩酊《めいてい》や仮装は、そのつもりならひどく安く上るのだった。宵のうちから、町にはそういう尖《とん》り帽子や仮面の酔漢が、まるでもう数軒のキャバレエの梯子《はしご》をしてきたあとのような顔をして、肩を組んで千鳥足で歩いていた。

ただ夥《おびただ》しい人出は大した目的があるわけではなく、人が人を見て娯《たの》しんでいるのだった。

「うわア、すごい、又つきとばされた」

とかすみは、人ごみに押されながら景一にしがみついて、そう叫んだ。こうして久々に彼と二人で町へ出て、群衆の活気にひたっていると、日頃の憂鬱はどこかへ吹き飛んでしまう自分の他愛のなさが、半ば口惜しくもあり、半ば自分で可愛らしくもあった。

「よせッ、押すのは」

と妻をかばいながら景一が怒鳴った。こんな男らしい態度は、かすみをうっすらと幸福にした。

「でも面白いわね。気違いじみていて」

「全くバカげたクリスマスだよ」

デパートの壁いちめんに大きなイルミネーションのクリスマス・ツリーがかがや

き、そこかしこの飾窓には、トナカイやサンタ・クローズが陳腐な意匠で飾られているが、隣り同士の店の飾窓のトナカイの橇《そり》が、正に正面衝突する方向へ向って、綿の雪を蹴立《けた》てているのを見て、かすみは笑った。

「次の瞬間は交通事故だわ、これじゃあ」

或《あ》る高級服飾店の店の前には一際人だかりがして、ドアのガラスが破れそうなので、中から店員がけんめいにドアを押えていた。

「一体何なの？」

とかすみは爪先《つまさき》立って、景一にきいた。

「今見てるところだ」

と景一も群衆の頭の間からのぞき込んでから、かすみの手を引いて、そこを離れた。

「何だったの？　喧嘩《けんか》？」

「そうじゃないよ。店の中で有名な映画スタアが買物をしてるだけの話さ。全く物見高いな。人の買物なんか見たってつまらないじゃないか」

かすみは映画スタアに何の興味もなかったので、そんな群衆と一緒にされるのは心外だったから、景一を促してもっと遠くへ急いだ。そのとき、景一のカフス・ボタンが指にふれた。

「きっと兄貴もこれをしてるわ」

「どうして?」

「お父様はそういう点、実に公平を重んじるのよ。もっともデザインは少しちがうかもしれないけれど」

それはカフス・ボタンなどという旧称の似合わない、カフスの釦穴《ボタンあな》と釦穴に架せられた橋のような形の面白い新型だった。


ホテルの新館へ着くと、かすみはすぐ外套《がいとう》をクロークに預けた。ロビイは外人の旅行者の間にまじって、クリスマス・パーティーのお客が一ぱい待ち合せているので、ひどく混雑していた。すでに大食堂からは音楽が洩《も》れてきこえ、ロビイの中央の大きなクリスマス・ツリーは人ごみの上高く聳《そび》えて豆電灯を明滅させていた。かすみはこの日のために誂《あつら》えた真珠いろのカクテル・ドレスに、結婚祝いにもらった真珠のネックレエスを着け、少々これには似合わないと思ったが、父のプレゼントの、フローレンスの革細工のハンドバッグを提げていた。

もう一度身なりを点検したかったので、景一との間にだけ通ずる独特の暗号で、

「一寸《ちょっと》隠れるわよ」

と言って化粧室へ入った。

——かすみが化粧室を出てくると、遠くの柱の横に、美しい女と話をしている景一の姿が見えた。女は藤いろのカクテル・ドレスを着て、首から背の線がひどく美しかった。かすみの胸は、しばらく忘れていたのに、又あの不快な動悸《どうき》を打った。女はうしろ姿だったが、そのとき手をうしろに廻《まわ》したので、ハンドバッグが見えた。かすみの形とはちがうが、よく似たフローレンス細工のバッグだった。

『なんだ。お嫂《ねえ》さまじゃないの』

とかすみは自分の早合点を笑いながら近づいた。そのとき秋子がこちらをふり向いて、手をあげて会釈をした。

秋子の顔を見て、かすみは今さらながら愕《おどろ》いた。もともと美しい人なのだが、すこし痩《や》せて、顔に澄んだ気品が出ている。何ともいえない落着きと、女としての豊かさが出ている。かすみが近づいて行くと、柱のかげから正道がメガネの顔をつき出した。

「うれしいわ」と秋子は体に漂わせた静けさを少しもみださない浮々した口調で言った。「だってずいぶん久しぶりのダンスですもの。お腹《なか》が大きい間は、みっともなくて踊れないし、第一、三人で踊るんじゃ主人だって気苦労でしょう。お産も辛《つら》いけど、万事成功してから、こうして遊びに出るたのしさは特別だわ」

「わかるわ。その気持」

とかすみは一寸偉そうに言って、兄の袖口《そでぐち》へ手をのばして引張った。

「ほら。ごらんなさい、景ちゃん。やっぱりだわ」

果して兄のもらったプレゼントも、デザインこそちがえ、同じ新型のカフ・リンクスで、正道と景一は、袖口を示し合って笑った。

「お父さまたちまだ？」

「もう見えるだろう」

そう言っているうちに、父母が、あたふたとその場へ現われた。

「おどろいた。大へんな人だね。ずいぶん探したよ。柱のかげに隠れていようとは思わなかった」

「一寸ね、お父様」

とかすみが悪戯《いたずら》そうに目配せして、良人《おっと》と兄の袖口を引張って、そこへ自分のハンドバッグをさし出した。秋子も心得て、ハンドバッグを正道のカフ・リンクスのそばへ提げた。

「やア、やア、こりゃあ義理堅いね。みんなプレゼントを身につけて来たわけか」

「おそろいのものでよござんしたね。喧嘩にならなくて」

と古風な裾模様《すそもよう》の姿のかよりが言った。

「そら、ごらん、私の言ったとおりだ。さア、みんな食堂へ入ろう」

一家のテーブルは、一太郎の尽力で、フロアに近い良い席がとれていた。あとでそのフロアの上で、二三のショウがある筈《はず》だった。テーブルの上には皿のまわりに、色とりどりのクラッカーばかりか、銀紙の帽子、仮面、附髭《つけひげ》、それにどういうつもりか、箱に入ったセルロイドの玩具《おもちゃ》や、機関車の玩具などがいっぱい並べてあった。

「料理は七面鳥に決っているんだね。酒はどうする？　私はホット・エッグ・ノッグを呑《の》もうかな。クリスマスの酒ということになってるし、それに体が温まるから」

酒が運ばれた。

「さア、踊っておいで」

と目を細めて一太郎が言った。

ここのフロアは高いところにあって、昇ってゆかなければならないのが晴がましい。まず景一夫婦と、正道夫婦が一二曲踊り、次いで正道とかすみが踊りだしたので、景一と秋子は席へ戻った。

「パパになってどんな気持？」

と踊りながら、いきなりかすみはきいた。まじめな兄は返事に窮している風だった。

「まア、どうってことないな。まだありゃア人間らしくないよ。寝てばっかりいるし、全くよく寝やがるなア」

「呆《あき》れた感想ね」

二人が踊って下りて来ると、入れ代りに、景一と秋子がフロアへ上って来た。

「アラ、すれちがいね」

「高座へあとから上るのは真打だよ」

かすみはそのまま兄と両親の席へ戻った。

フロアの明りはナイト・クラブとちがって明るかった。下から見ると、景一も秋子も大そう背が高く見え、足さばきも美しく、大袈裟《おおげさ》に言うと、輝くばかりに見えた。かすみはマンハッタンを呑みながら、ぼんやりそれを見上げて、『きれいだな』と思った。事実、二人はたのしげな表情で礼儀正しく踊っており、景一のひろい肩のむこうに秋子の美しい顔があらわれると、又一廻転《かいてん》して、景一の笑顔があらわれた。明るい照明のために稀薄《きはく》なミラー・ボールの散光が、彼の白い歯をちらと光らせてすぎ、やがて紺の背広の肩に雪のふりかかるように散らばった。

突然、かすみは今まで考えもしなかった不快な衝撃に襲われて、真蒼《まっさお》になった。

『知恵子がほのめかしたのは秋子さんのことだったんだわ。まさかと思ったのに、嫂《あによめ》となんて！　でもいつかお嫂さまをアパートに訪ねたとき、私の結婚の相手をすぐ景一さんだと当てたあの直感の素速さは、今思ってみると、不気味だったわ。その上、秋子さんは、誰にも言わないと言っておきながら、ちゃんとパーティーのあとで、お父様に、私と景一さんが怪しい、なんて言いつけていた。あの直感と気の廻し方は只《ただ》じゃないわ。もしかしたら、景ちゃんとお嫂さまはずっと昔から知っていて……』

かすみはそこまで考えて戦慄《せんりつ》した。

「どうした、かすみ、顔色が悪いね」

と父の一太郎が、無邪気な心配を顔にうかべてきいた。

25

嫂《あによめ》の秋子と踊っている景一を見て、突然かすみの心に浮んだ疑惑は、実はこれが最初のものではなかった。

知恵子の口から、身近に彼の御目当てがいるときかされた時以来、かすみの心は家族の周辺の誰彼にあちこちとさまよった。丁度小猫が部屋のなかを嗅《か》ぎまわるように。

近い親戚《しんせき》の娘たちの顔が何人か浮んだ。ところでその中で一等美しいのは、衆目の見るところかすみであって、ほかはカボチャ娘やジャガイモ娘ばかりだった。一太郎はあんまり親戚とは付合いたがらなかったので、そういう彼女たちの動静はつかみようがなかった。

そこでかすみはこう考えることにした。

『知恵子が身近などと言ったのは、家が親戚付合をよくやっているという前提に立っているのにちがいない。その点だけでも知恵子の嘘は明白で、ただのおどかしにすぎないんだわ。あんな従姉妹《いとこ》や又従姉妹たちの中の一人が、何かの偶然で景ちゃんの目にとまったって、そこらの町をあるいている女の子が目にとまるのと同じことだもの』

そう思ってかすみは安心することにしたが、たえず心の底には、自分で触れたくない暗い底流が流れていた。それこそ秋子だったのだ。

二曲つづけておどって景一と秋子が席にかえってきたとき、かすみはそのほうを見る勇気がなくて目をそらした。

景一はそんなことにはお構いなしだった。

「お嫂《ねえ》さんは実に元気ですね。これがこの間子供を産んだ人とも思えないな」

「そう産んだ産んだって仰言《おつしや》らないでね」と秋子もうきうきしていた。「人にきかれたら困るから」

「まるで悪いことをしたみたいだな、ねえ、お兄さん」

正道は困って、もじもじして笑っていた。

「そろそろ料理をたのもうか」

と一太郎が言って、一人だけそっぽを向いているかすみに気をつかって、

「え？」

と質《ただ》した時、ふりむいたかすみの目からは涙がぽとりと落ちた。

これで一同はシンとしてしまった。

しかしかすみはすぐ自分を取戻し、

「ええ、いただくわ」

とにっこりして言ったが、それが又、ばかに健気《けなげ》に見えてしまった。

一太郎も景一も、又正道も、お互いに気をかねて、「どうしたんだ、かすみ？」

という当然な質問も発しなかったので、ますますその場の空気はぎこちなくなり、
陽気にさわごうとすればするほど、心の底に重い滓《おり》のようなものが澱《よど》んだ。

折よくショウのはじまったのが救いになった。例の如くバンドがファンファーレを吹き鳴らし、肥《ふと》った司会者が出て来て、

「メリー・クリスマス、ハッピイ・クリスマス、では豪華一大ショウをプレゼントとして皆様にお贈リスマス」

などと下手な洒落《しゃれ》を言うのにも、はじめから娯《たの》しもうとして来ているお客たちは、心おきなく笑った。

実際今夜は、名高い政治家や実業家や芸能人の家族連れのお客が多かった。こういう人たちはふだん花柳界の宴会ばかりで予定が詰っているので、年に一度の家族サーヴィスを心がけているらしく、座を取りしきる家長の鷹揚《おうよう》な威厳を見せているその傍らには、もっと刺戟《しげき》の強いクリスマスを過したかった年頃の息子や娘が、不満そうな形式的な微笑を見せて席に列《つらな》っていたりした。

はじまったショウは、いささかお座なりのものだった。民俗舞踊もレビューの舞台で見るほうがずっとよかったし、洋舞のデュエットも陳腐だったが、フィナーレの支那《しな》のお祭りの踊りだけが面白かった。

はじめ赤い服の唐子《からこ》たちが赤い提灯《ちょうちん》を揺らして沢山あらわれ、一ト踊りおわってから、長大な作りものの緑の竜を竿《さお》の先で支えた大ぜいの若者が、いかにも巧みにその竜をくねらせながら、手に手に爆竹を鳴らして、客席へ下り、テーブルの間を蛇行してまわるのであった。

かすみはこのショウを見ていることでずいぶん救われた。その間に少し気持の整理もつき、今ここで愁嘆場を現出してはすべてがぶちこわしになる。今夜はただ冷静に観察すべきだという分別も出て来た。

だからショウがおわってから景一が踊りを申し込んだときは、実に滑らかに椅子を立ち、先に立ってフロアへ昇って行った。

「さっきはどうしたんだい?」

と踊りをはじめるとすぐ景一がきいた。

「何でもないのよ」

「何でもないとは何だ。はっきり言えよ」

かすみがはっきりしないと、景一はすぐじれて怒りだすのだった。

「じゃあ説明しましょうか。私って泣き上戸なのよ」

「そんなのきいたことがないぞ」

「わからないかな。若いお嫁ってものはね、こうして親たちがそろって、みんなでたのしくやったりすると、却《かえ》ってセンチになって、涙ぐんだりするものなのよ」

「ふーん、嬉《うれ》し涙《なみだ》ってわけか」

「まあそんなところよ」

「チェッ、びっくりさせやがるな。みんな心配そうな顔をしてたぜ。俺がいじめてるみたいじゃないか」

かすみはうっかり、

『そうよ、この通りいじめてるくせに』

と言おうとしたが危うく差控えた。

こうして近くで見る景一の顔は、ミラー・ボールの光りの雪のふりしきる中で見ても、やはりいつもの通りの、単純な、明るい、いささか軽信の傾きがある若い良人《おっと》の顔にすぎなかった。そこには若い妻を欺《だま》している悪の影も宿ってはいず、又、さっきあんなに遠くロマンチックに見えた美しさも影を隠していた。そうするとかすみは、自分が本当に愛しているのは、悪い景一のほうなのか、好い景一のほうなのか、わからなくなってしまった。

26

いささか危機を生じたクリスマスも、二次会のナイト・クラブへ移ると、すっかりみんなは陽気になったので、景一も安心して、何の心配もあとに残さなかったが、あくる日会社へ出ると、早速岳父から呼び出しがかかった。

これは直感ですぐかすみのことだとわかり、重役室へ行く景一の足は重かった。私用で婿を呼ぶことなど一度もない一太郎だから、よほど心配しているにちがいなかった。

人を憚《はばか》って、応接セットの一隅へ景一を呼ぶ一太郎の態度には、日頃に似合わず、妙に卑屈なものがあった。

一太郎はその福徳円満な顔に、尚のこと、大銀行のお偉方に融資をたのむときのような、サーヴィス的微笑をたたえていた。

「すまん。すまん。忙しいところを呼び出して、全くすまんな」

彼は明らかに婿の反応を怖れていた。

景一は、一太郎のその微笑や腰の低い挨拶《あいさつ》を眺めながら、『娘の親っていうのも大変なもんだな』と感ぜずにはいられなかった。下手に婿を刺戟すれば娘に被害の及ぶことを何よりも怖れて、高圧的な態度をとろうにもとれず、この取締役が平社員にむかって、いかにも御機嫌を取り結ぶような表情を見せなければならないのだ。

それを見ると景一は、今までの足の重さも忘れ、妙に愉快な気分になって、この海驢《あしか》オヤジが一そう好きになった。

「他でもないんだが、かすみのことだがね」

「はあ」

「昨日のあの変な態度は何だろうね。君、何か心当りはないかね」

「ええ、僕も」と景一は、せい一杯心配そうな表情でこたえた。「いろいろ考えてみたんですけど、何も心当りがないんです」

「あれは勝気な子で、めったに涙なんか見せないんだがね」

「あのあとダンスを踊ったら、あいつ、こんなこと言っていましたよ」

と景一はかすみとの会話を逐一説明した。一太郎はつき出たお腹《なか》の前に仏陀《ぶつだ》のように指を組んで、フムフムときいていた。そのうち緊張した表情が次第に解け、「うれし涙」の件《くだ》りへ来ると、それがいとも満足そうな顔に変った。

「フム、そうかい。実家の親をまじえて、一家が久々にそろうと、センチになるって？　フム、そんなところかもしれん。イヤ、大きにそんなところかもしれん。あいつもまだネンネだから、徒《いたず》らに人を心配させる。いや、よくわかりました。君の説明をきいて、はじめて私は安心したよ。イヤ、親も他愛がないが、娘も他愛ないもんだからね。まあ君に任せておけば安心だ。あのとおりの我儘《わがまま》娘だが、よろしくたのみますよ」

「はい」

「しかし、忙しいところを呼び出して、全くすまんことをした。今度、かすみを叱っておこう」

「イヤそれには及びませんよ」

「じゃ君からよく言っておいてくれたまえ。……ただしお手柔らかにね」

立上った一太郎は、顔が崩れそうなほど微笑を湛《たた》えていたが、これはもうさっきの人工的なサーヴィス笑いとちがって、心底からの朗らかさの発露であることがよくわかった。その上一太郎は、こらえきれないように哄笑《こうしょう》した。そして景一の肩を叩《たた》きながら、声を低めて、あたかも岳父と婿の間で、隠れ遊びの顚末《てんまつ》を語り合うような調子で、こうつけ加えた。

「しかし女の心理というものは複雑だね。え？　そう思わんかね」

「思いますよ」

「男にとっては女は永遠の謎だね」

一太郎がこんなことを言うと、いかにも面白かった。それはあたかも、海驢が急に声を発して、

「え？　人間ってのは永遠の謎だね」

と言い出したかのようであった。


それから一時間ほどして昼休みになると、一太郎は東京会館のプルニエで人とランチの約束があって出かけ、そこの電話からかすみを呼び出した。

「こんちは、きのうはどうもごちそうさま」

かすみの甘いねっとりした声がひびいた。結婚してからこんなに自分の声が変ったのにかすみは気づいていなかった。

その朗らかな調子で、一太郎はドスンと安楽椅子に腰を下ろしたように、本当に

安心した。かすみがきいた。

「何か御用？」

「イヤ、何でもないんだ。お前の朗らかな声をきいて安心したよ。じゃあ、いい年をお迎えなさい。年始に来てくれるときも、その朗らかな調子でたのむよ」

「わかったわ。お母様によろしく」

そこまで朗らかな声を保って、受話器を置いたかすみの表情は又俄《にわ》かに曇り、今どうしてあんな声が自分の咽喉《のど》から出たか、わからなくなった。

『お年始！　又景ちゃんとお嫂《ねえ》さまが顔を合わすことになるんだわ』

27

新らしい年からはじまる習慣だが、景一夫婦は元日を景一の両親のもとですごし、二日をかすみの両親のもとで過すことに決めていた。これはもともとかすみの母の発案で、そのために正道夫婦も赤ん坊を連れて、二日に年始に来ることになっていた。

人の心というものは、一定の分量しか入らない箱のようなものであるらしく、クリスマス以来、エル・ドラドオの浅子のことは、かすみの念頭から完全に去ってしまった。もちろん新らしい事件を浅子が起せば別だが、浅子は依然として鳴りを静めていた。浅子はピンピン生きているかもしれないが、浅子の観念はかすみの中ですでに死んでしまった。ときどき思い出しても、黄ばんだ古い写真の面影のようなものが浮ぶだけで、バルコニィから身を投げようとした彼女の緑いろのトッパーのひるがえりも、風のある日のカーテンのそよぎくらいにしか思われなくなった。

そうだ。それはちょっとしたスピードをはらんだ布《きれ》の動揺にすぎなかった。風が止む。それが静まる。あとには窓のそとの、冬木の空の静かな風景しか残されていなかった。

……その代り日に日に濃く重苦しく、秋子がかすみの心に位置を占めた。ある日ふらりと入って来て、いくら追い出しても居汚なく居据《いすわ》っている野良犬のように。

『あの晩、柱のそばで、景ちゃんがお嫂《ねえ》さまとはじめて挨拶した時の顔を見られなかったのは千慮の一失だった。きっと景ちゃんの目は輝やいていたにちがいないわ。そして産褥《さんじょく》からはじめてダンスに出たお嫂さまの、あの意外な憂わしい美しさに、いろんないたわりの言葉を投げかけたにちがいない。もしかしたら、景ちゃんは、しないでもいい握手までしたかもしれない。あの白い、ねっとりした、乾いた植物的な感じのある、一寸月光菩薩《ちよっとがっこうぼさつ》の指を思わせる、美しいあの指に……』

かすみは突然、去年の初冬の或《あ》る日、縁側に腰かけている秋子の指と正道の指が、危うく触れそうになって触れずにいる、妙にエロティックな構図に置かれているのを見て、自分の感じた不快な感動を思い出して、ぞっとした。

あのときの庭には、沢井景一もいたのだった。明るい、さっぱりした丸顔の、ごく常識的な秘書課の青年。あのころの景一は、まだ全くの路傍の人だった。町を歩けばどこにでもころがっている青年の一人にすぎなかった。しかしそれは、あくまでかすみから見てのことにすぎなかった。

すでに景一は秋子に関心を寄せて、遠くから、何喰《く》わぬ顔つきで、縁側に置かれた秋子の美しい指を、じっと眺めていたのかもしれなかった。そのとき景一の心には、かすみのことなど、まるきりなかったのかもしれない。他の青年たちはかすみ目当てでも、彼は秋子目当てで来ていたのかもしれない。そしてもっと悪い想像をめぐらすと、彼は秋子に接近しようがために、かすみとの結婚を受け入れたのかもしれない。

理不尽な想像だが、そのとき秋子が白い美しい指だけに、あれほどの心をまどわすような媚態《びたい》を見せたのは、もしかすると景一を目的にしていたのかもしれない。

かすみの気持は、そこから飛んでもない方角へ飛んで行った。

『お兄様のバカ！　お兄様のバカ！』

と彼女の心は急に大声で叫んだ。

兄が俄《にわ》かに、莫迦《ばか》な、愚劣な、鈍感な、情ない存在に思われて来た。それはおそらく血のつながりのなせるわざで、そのときかすみは、自分の莫迦さ加減、愚劣さ加減、鈍感さ加減を、みんな兄のせいにして、自分の愚かさのありったけを、兄の上に投影していたのである。

もし、悪い想像のとおりだとするなら、かすみの不幸は、正《まさ》しく一年あまり前の、あの明るい初冬の晴れた日にはじまったのだった。

——そうして年が改まった。

元日の景一の家での年賀は、なごやかな、平和な空気のうちにひらかれ、景一の父の研究室の弟子たち、助教授や、助手や、副手や、学生たちが大ぜい来ていて、お屠蘇《とそ》をいただきながら、政府の経済政策を非難したり、金利引下げの可否を論じたりしているのが、かすみにはめずらしかった。口のわるいのが、景一には勿体《もったい》ない美人のお嫁さんだ、とかすみをほめた。かすみは久々に着る着物の袖《そで》を持て余しながら、お客たちのお酌をした。

問題は二日目だった。

景一はきのうの着物を今日も着て行けとしきりにすすめたが、かすみは頑固に拒んで、洋服を着て行った。着物の着こなしでは、秋子にどうしても負けると思ったのである。

「きょうは兄貴夫婦も来るわ」

と出がけにさりげなくかすみは言った。

「うん知ってるよ」

と景一もあっさり答えた。

実は暮のうちから、かすみはこういう問答にすべてを賭《か》けていたのである。クリスマスのあとで、かすみは毎日、景一がこんなことを言い出すのを、苦痛を以《もっ》て期待していた。

「なア、秋子さんは子供を産んでから、又グンときれいになったなア」

そのときかすみは、『ああ、やっぱり』と胸にこたえる筈《はず》だった。それを堺《さかい》にして、物事を決定的にしてしまう筈だった。

ところが景一は、下らない冗談ばかり言っているくせに、秋子のことには一向触れなかった。かすみも亦《また》、いざとなると弱気が出て、話をそちらへ持ってゆくような誘導訊問《じんもん》はすることができない。

そのうちにかすみの心理は逆転した。景一が殊更秋子のことを何も言わないということこそ、彼のやましさを物語っているにちがいない。もし何でもなければ、「きれいになった」ぐらいのことは無邪気に言うにちがいない。

そう思うとかすみは、自分の疑惑がはっきりした証拠をつかんだような気がして、子供のころたのしみにしていたお正月は、もう不幸を呼ぶ怖ろしい前兆としか思われなくなった。町のそこかしこに立ちはじめている門松も、彼女には、何か地の中に埋まっている巨大な怪物の頭から地上へ突き出した奇怪な二本の角のように見えるのだった。

……実家への年始に出かける折、

「きょうは兄貴夫婦も来るわ」

ときわめて当然なことをかすみが言い出したとき、その裏にはこれだけの変転を重ねた心理の襞《ひだ》がまつわっていた。

「うん知ってるよ」

と景一も、そんなかすみの思惑を知ってか知らずか、軽く外してアパートを先に立って出たが、その瞬間の景一の表情を見つめるかすみの目には、切羽詰った真剣さがあらわれていた。

二人は新年の町へ出た。新地の芸者たちが日本髪に野暮ったい肩掛けをして、三人連れ立って歩いていた。その肩掛けの鄙《ひな》びたビロードの色あいが、店先のお飾りや、けばけばしい恭賀新年の看板の色に合っていた。冷たい風が裾《すそ》を吹き散らすので、かすみは芸者も外出するときは防寒用の肌色のストッキングを穿《は》いているのを、ちらりと観察した。

『あの人たちって案外寒がりなのね』

そう思うと、安心して軽蔑《けいべつ》できるような気がした。このお嬢さん奥さんは、芸者というものに、ただ彼女らが艱難《かんなん》辛苦に耐えているという理由で、敬意を払っていたのである。

「やっぱりタクシーで行こう」

と景一が言い出した。

「だって成城学園まで大へんな遠さよ。千円でも行かないと思うわ」

「いいよ。お正月ぐらい気張っちまえ」

二人は結局タクシーに乗って、よく晴れてはいるが、埃《ほこり》っぽいつむじ風の吹き上げる街路を走った。

一緒に車に乗ると、昼間でござれ夜でござれ、必ず妻の手を軽く握っているのが、景一の習慣だった。それに応《こた》えて、かすみもすぐ手袋の片ほうを脱ぐのが常だった。

そこで今もそうやって、

「こういうのを初《はつ》……何ていうんだ」

「初握手?」

「初握手じゃ色気がねえな」

もちろんかすみは景一がそうしていつものように手を握ってくれなかったら、たまらなく淋《さび》しかったにちがいないが、握られながら、『何だか形式的な握り方』と思っていた。嫉妬《しっと》に責められるようになってから、かすみはますますしつこい愛情の表現を求めるようになっていたので、景一にしてみれば、『妻はますます俺に惚《ほ》れ込んだ』と思うのも無理からぬことだった。

そのうちかすみは、こんな愛情のこまやかな握手を、しらずしらず、兄の正道と秋子の触れようとして触れないあの微妙な指の表情に比べていた。あれは単なるかすみの思いすごしかもしれなかった。愛していたら、自然に指はもつれあい、汗ばんだ掌は触れ合う筈だ。そこまで考えると、彼女は突然、景一の指は秋子のあの美しい指と固くもつれ合ったことがあるにちがいないと直感した。

かすみはもう、景一の手に安心して自分の手を委《ゆだ》ねていることができなかった。さりとてここで手を引いては、又つまらないイザコザを起し、言わでもの弁解をすることになる。そう思えば、観念して、自堕落にこの手を委ねていたほうがましである。ふと目を落して、かすみにはこんな自分の自堕落な手が、娼婦《しょうふ》の手のように思われた。

彼女は手袋をはめたほうの手で、脱いで膝《ひざ》に置いた手袋をつまみ上げ、それをオモチャにして軽く揺《ゆす》った。こんなことには、景一はへんに敏感なタチだった。

「オイ、新年匆々《そうそう》、真剣味を欠いてるぞ」

「ううん。そんな形式的な手の握り方なら、手袋ととりかえてもかまわないだろうと思って」

景一は、スイッチを入れられた機械のように、たちまち手を強く握り、運転手の目もかまわず、かすみに接吻《せっぷん》してから言った。

「このゴテ屋！」

かすみは悲しいような幸福な気持だった。


藤沢家の新年では、結局人気投票の一位は正道夫婦の赤ん坊、茂《しげる》だった。まだほとんど眠っているばかりなのに、みんながかわるがわる寝床をのぞき、授乳時間が来ると、かよりが大いに威勢を発揮して、その部屋から男たちを追い出した。正道だけは追い出されるいわれはないのだが、一緒にものの勢いで部屋から飛び出した。

胸もとをくつろげてさし出される秋子の乳房の、豊かさにかすみはおどろいた。それは熟れつくした果実のように、手に支えるやいなや、乳はこぼれんばかりになっていた。静脈の走っているその大きな白い乳房は、痩《や》せた秋子の体に似合わず、まるで秋子の属している見えない豊かな母の国に遠い泉の源があって、そこからこんこんと湧いてくる乳の流れが、かりにこんな巨大な形を与えているように思われた。

かよりと秋子はいろいろ授乳時間のことなど話し合っていたが、かすみにはあんまり興味がなかった。ただこうして秋子の肉体までも、しみじみと観察していると、かすみはイヤな想念にとらわれる筈なのが、この場合は逆だった。もとのかすみの部屋のベッドに寝かされた赤ん坊を囲んで、こうして女三人が話していると、嫉妬なんかは脆《もろ》い感情に思われた。

「申し上げます」とドアの外から、景一がおどけて言った。「腹が空いたから、そろそろ食事の仕度をおねがいします」

「はいはい」

と母が立上り、秋子も襟もとを合わせて立上った。

一家そろっての夕食は、クリスマス以来のことであるが、今晩の夕食の静かな感じは、まるでクリスマスとちがっていた。食卓の上には新年らしい花やかな料理が並んでいたが、みんな静かな水いらずのお正月をたのしもうという気持が先に立っていた。かすみも今度は容易にその空気にとけ込み、一太郎も大そう御機嫌だった。

そのうちにかすみは妙なことに気がついた。景一と秋子がほとんど言葉を交わさないのである。

何か景一が冗談を言う。秋子はほとんど無関心にすれすれのところでかすかに笑う。

「茂ちゃんは、お兄さんよりかすみタイプに育ちそうですな。今にお嫂《ねえ》さん、苦労しますぜ」

などと景一が言っても、

「さあ、どうかしら」

とお座なりな返事を返すだけで、クリスマスの時のような、浮き立った会話の弾みがまるでなかった。

『これはおかしいぞ』

とかすみは早速嗅覚《きゅうかく》を働らかした。景一に対する秋子の反応はほとんど冷淡に見えたのである。

『これこそ恋が一歩進んだしるしじゃないのかしら』

食事のあと、みんなはテレビを見たり、雑談をしたり、お正月ということにとらわれずに、思い思いにくつろいでいた。カルタや双六《すごろく》をやろうとせがむ子供もいないので、これは悠々たる大人のお正月だった。一太郎も会社の関係の年始は元旦《がんたん》だけですむように取計らっておいたのである。

「どうだい？　応接間でダンスでもするか」

と一太郎が急に言い出したので、

「ダンスはクリスマスで満喫したからいいわ」

とかすみは言った。もう一度あんな思いをするのは真平《まっぴら》だった。

「ダンスはやめてただレコードでもきこうか？」

とめずらしく正道が言った。

「ダンスはやらんのかい」

と一太郎が重ねて言った。

「いずれにしろ、若い人たちの好きなようにさせましょうよ」

とかより。

正道は酒に酔って、そこに寝ころがり、

「めんどくさいから勝手に選んできかせてくれよ、秋子。僕はここに寝ころがってきいてたほうがいい。ここでも十分きこえるだろう」

「ええ、応接間のドアをあけっ放しにすれば。……でもお父さまやお母さまはおうるさくないかしら？」

「いいんだよ。テレビの義太夫とレコードのマンボと一緒くたになったのなんか、面白く聞けるだろう。ああ、そうだ、思い出した。この間レコード会社からお歳暮に、新らしいLPが四、五枚来たんだ。その中に『カーネギーホールのベラフォンテ』なんてのもあったようだ。私はまだきいていないがね」

「じゃあ見てまいりましょう」

「キャビネットのなかに入ってるよ」

秋子がかすみを誘ったので、二人は応接間にあかりをつけて、レコードを選《よ》りに入った。かすみはあれだけの物思いにもかかわらず、つとめて秋子には朗らかな笑顔を見せていた。これは辛《つら》い努力だったが、自分でもふしぎなほど、このごろのかすみは、素顔の感情の上にスッポリ仮面をかぶるのが巧《うま》くなっていた。

レコードを一枚一枚キャビネットから引き出す秋子の指はあいかわらず美しかった。そのうちにかすみは、ドーナツ盤の一枚に目をつけて、

「なつかしいレコードが出て来たわ。ずいぶんきかないけれど、これならみんなで歌えるわね」

「チリビリビンでしょう」

「ええ、お嫂さま、歌詞御存知？」

「チリビリビン、チリビリビンだけよ」

「このジャケットに歌詞がついてないの。私ほかに持ってるのよ。持ってくるわ。あとでコーラスをやりましょうね」

かすみは学校時代にときどき合唱した伊太利《イタリー》民謡がなつかしさに、廊下を小走り

に走って、もとの自分の部屋へ、歌詞の本を探しに行った。赤ん坊の眠りをさまさぬように用心しいしい、暖かく暗くしてあるもとの自室のドアをそっとあけ、忍び足で入った。

お嫁に来るとき置いてきた本の本棚がまだそのままになっていた。かすみは「乙女の感傷」的な蔵書を、なるべく家に残しておきたかったのである。

部屋が暗いのと、赤ん坊に気を兼ねるのとで、本はなかなか見つからなかった。誰が整理したのか、残して家を出たままの形をとどめていないのが、ここ数ヶ月の彼女の生活が、二度と戻ることのできない橋を渡ったという印象を強めていた。あちこち探しまわった末に、やっと、イタリー語と日本語の訳詞と両方入っているその薄い「伊太利民謡集」という本がみつかった。

かすみは又そっとドアをしめて廊下へ出た。その忍び足の癖がついてしまって、こっそりと廊下を歩いた。

廊下の外れには、ドアをあけたままの応接間の灯明りが見えていた。何か低い話し声がきこえるようなので、かすみは壁ぞいに身をずらして行って、そっと応接間の中をのぞき込んだ。

出窓のそばに佇《たたず》んで、何かひそひそ話している二人の影が見えた。それは秋子と景一だった。

話はききとれなかったが、秋子の忍び笑いがきこえて、

「本当よ。私の目って案外たしかなのよ」

という最後の一言だけが耳に入った。

かすみは顔に烈しい血の色が昇るのを感じながら、もう耐えきれずに、応接間へ入って行った。

出窓からふりむいた二人の顔には、ありありとおどろきと当惑の色が現われた。

28

こんなショックのあとで、かすみが大して取り乱しもせず、頭痛を口実に、にこやかに父母に別れを告げて、里の御年始をめでたく完了したのは、大出来というべきである。かすみは実は痛くもない頭のために、母からむりやり頭痛薬を嚥《の》まされ、要らないというのにかえりの車の中で膝《ひざ》にかける毛布をあてがわれ、景一は景一で機敏にタクシーを呼んできた。もっともかよりが早速気をきかして、大森までの料金を前以《まえもっ》て運転手に手渡したが。

「寒いかい？」

と車が走り出すと共に、景一はきいた。かすみは黙って首を振った。

「どうだい？　薬が少しは利いてきたかい？」

かすみはこんなやさしさに思わず涙ぐんだが、又首を横に振ってしまった。そして唇を嚙《か》んでうつむいた。

「いいか。俺がこれから言うことをよくきくんだぜ」と景一はかすみの肩に毛布をかけてやりながら言った。

毛布は英国製の（多分一太郎が御歳暮にもらった）緑と赤の格子縞《こうしじま》の美しい膝掛けだったが、はじめ車が動きだしたときは、何だかそれを膝にかけるのは、お芝居じみて大仰であり、またそうまでせねばならぬことが業腹であるような気もして、景一との間に畳んで置いたままにしたのであった。郊外住宅地の乏しい街灯のあかりが車内を移って動くにつれ、新らしい緑と赤の格子地は闇のなかからあでやかに浮び上った。

ところが景一は、それをひろげて、かすみの肩から大きく包んだのである。かすみはそうされるのが、巧く言いくるめられる前提のような気がして、それを肩から振り払いたいと思ったができなかった。景一の腕は力強く毛布の上から廻《まわ》されて、かすみの細い肩を抱きしめていた。

「いいか……よくきくんだぜ」と言ったときの景一の声の質実な調子は、日ごろの軽い冗談の口調とは似ても似つかぬものだった。それは正《まさ》しく良人《おっと》の声で、信頼を強要する力に裏づけられ、重く、しっかりと、彼女の耳もとにひびいていた。

「さっきの君の誤解はわかる。俺だって君の立場だったら誤解したかもしれない。それというのも、今まで俺が、君の気持にあんまり鈍感すぎたから起ったことなんだ。夫婦になれば、言わないでもすっかり気持が通じると思っていた。それが多分甘い考えだった。

いいかい。冷静にきくんだよ。

あのとき俺は嫂《ねえ》さんと、他ならぬ君のことを話していたんだよ。嫂さんはなかなか大した女性だよ。敏感で、しかも冷静で、ものごとをよく見よく感じて、しかも人よりも早く立派な妥当な判断を下す。それでいてちっとも利口ぶったところを見せない。嫂さんは君が好きだ。とても好きだ。本当の妹以上に好きだと言っている。

その嫂さんが、この間のクリスマス以来、君の態度が自分に原因のあることに気づいたんだ。今夜、僕が何か冗談を言っても、嫂さんが、クリスマスのときとちがって、まるでそっけない返事をするのに気がついたろ。俺も気がついて、何だか気になって仕様がなかった。君も知ってるとおり、俺は自分の冗談が受《う》け容《い》れられないと、すぐ怒り出すたちだからな。

それから俺は気になって仕様がなくなり、嫂さんが何を俺に対して怒っているのかと思って、二人きりで問いただす機会を探していたんだ。そのとき君が伊太利《イタリー》民謡集をとりに行き、応接間には嫂さん一人になった。俺はレコードを一緒に選《よ》るふりをして、嫂さんにこっそりこう訊《き》きに行ったんだ。

『何かあったんですか？ 何か怒ってるんだったら、言って下さい。お正月匆々《そうそう》、僕も気持がわるいんです』

『別にあなたに怒ってるわけじゃありません』

と嫂さんは率直なサラリとした態度で言ってのけた。

『じゃあ何です』

『あなたって何て鈍感でしょう。この間のクリスマスの時から、何故だか知らないけど、かすみさんが、あなたと私との間を疑っているらしいんだわ』

『あなたと僕ですって！』

俺は思わず吹き出しそうになったが、嫂さんの手前、そんな無礼をいそいで引込めた。なぜって、なるほど嫂さんはすこぶる美人で、人間的には俺も大好きだが、およそ惚《ほ》れたはれたなんて感情は持ちようがなく、あのとおり美人だけど、彼女の顔や体つきはどうしても俺のタイプじゃないからだ。

そこで俺は第一に、今まで夢にも思わなかったこんな濡衣《ぬれぎぬ》が可笑《おか》しくなり、どういうわけだか、君がそんな奇妙な考えを持ったということが、たまらなく可笑しくなった。

嫂さんも、笑いをこらえた俺の顔を見て、口もとがむず痒《がゆ》いような顔をしていたが、

『何故だかわからないけど、きっと何か理由があるんでしょう。かすみさんが疑ってるのはたしかだわ。だから、私にももし疑われるような落度があったら大変だと思って、今日ははじめから気をつけていたの。ですからクリスマスの時みたいには、あなたの冗談に取合わないことにしたのよ。御免なさい。ずいぶんツンケンしているように見えたでしょう。でも、あなたも気をつけて下さらなくちゃ……』

『気をつけろって、そんなバカバカしい。かすみは誰に吹き込まれて、そんな根拠のないことを考え出したんでしょう。そりゃあ、クリスマスの時のかすみはたしかにヘンだったけど、あのヘンな態度は、本当にそんなヤキモチから来てたんでしょうか？　信じられないな、全く』

するとと嫂さんは思わず笑い出して、

『本当よ。私の目って案外たしかなのよ』

って言ったんだ。

そして、そのとき君が入って来た。

実に間が悪かった。これでは疑われても仕方のないような瞬間に君が入って来たんだ。君は果して顔色を変えて、民謡集を手にしたまま、さっさと茶の間のほうへ

行ってしまったが、それを見送って嫂さんは、

『ほら、ご覧なさい。私の立場まで困ったことになったわ。私、かすみさんが大好きなのに、憎まれる立場になっちゃたまらないわ。あなた、かすみさんによく言って頂戴《ちょうだい》ね』

と低声《こごえ》で言って僕をにらんだ目つきは、いつものやさしい嫂さんにも似ず、少々険悪だった。それははっきり自分の身と自分の安全を衛《まも》ろうとする女の、取りつく島もない目つきだった。

ここまできけば、君もわかるだろう。正直のところ、俺も途方に暮れているんだ。何か少しでも疑われる理由があれば、俺もわざと気楽な顔をしてみせるだろうが、全然思い当らないいんだからね。誰だい？　言ってごらん？　誰がそんな奇妙な考えを君の頭に吹き込んだんだ」

……………………。

タクシーはこの長話のあいだ、道のあらかたをすぎて、長原《ながはら》から第二京浜《けいひん》国道のほうへ向って、暗い曲り角を曲りかけていた。町は門松だけが冬の夜風に笹の乾いた葉をおののかせ、どこもすでに大戸を下ろして、深閑としていた。正月の休息が、何かものの終りのような淋《さび》しさを夜の町に与えていた。

ここまでじっと無言で景一の話をきいているあいだ、かすみの精神的姿勢は、抵

抗の一語に尽きていた。丸め込まれまい、だまされまい、という一心で、景一の一言一言を、トランプの札を裏返すように、神経質に裏返してゆくけれど、言葉が手より早くて、ほうぼうに裏返せない札が残ってしまう。すると、それをそのままにしておきたい弱気と未練も起り、しかもそんな弱気と必死に闘っているのである。

なるほど景一の言うことは条理が立っている。景一の言葉をとおして見た秋子の態度も、いかにも正しい被害者らしい困惑を見せている。が、こういう一分のスキもない筋立てこそ警戒しなければならない、とかすみは思うのであった。

その一方で、何とかして景一の言葉を信じたい、何とかして良人の嘘をまで丸ごと信じてしまいたい、という素直な甘い気持も漂っていて、その気持のほうへ体を傾ければ、楽に体はその中へころがり落ち、気持よく首までひたって、極楽往生してしまいそうな気もする。

「え、誰だい？　つまらん空想を君の耳に吹き込んだのは？」

ともう一度景一が、かすみの沈黙に耐えかねて、ききただしたとき、タクシーは馬込《まごめ》のアパートの前に着いていていた。

かすみは肩から毛布を外してたたみながら車を下りたが、夜はひどく寒く、アパートの庭の木立のあいだに星が氷の砕片のように光っていた。

それを見ていると、鋭い星のかがやきは、氷柱《つらら》をじかに目に刺してくるかのようである。

『こんなに自分で自分を苦しめて、私はどこへ行こうとしているんだろう。折角のお正月だというのに！』

かすみは自分の肩へ手をかけてくる景一の手を、半ば温かく、半ば煩わしく感じた。まるでその手の重みと厚さが、何か訊問《じんもん》に似た重い質問を、無言でじっと強いてくるような気がして。

29

あくる日一日、景一はひどくやさしかったし、久々に町へ出て、映画を見たり食事をしたりして、かすみを十分慰めたと思うと、大いに安心して、その晩は明日からはじまる会社にそなえて、ぐっすり眠ってしまった。その無邪気な寝顔を見ながら、かすみは昨夜からずっと頭の中で考えつづけていた企らみが、はっきりした形をとるのを感じた。

今やかすみは完全に一人ぼっちだった。両親はもちろん、兄夫婦も味方ではなく、たった一人の親友の知恵子も、あの深刻な失言以来、音沙汰《おとさた》がなかった。この無邪気な寝顔の主は、味方どころか、もっとも謎にみちた、魅力ある仇敵《きゅうてき》だった。一月の更けてゆく夜の只中《ただなか》で、彼女はアパートの屋根の上の寒い星空を身近に感じながら、自分は世界中でたった一人だと思った。これがみんなの憧《あこが》れる結婚生活というものだろうか？

台所のほうで電気冷蔵庫が鳴っていた。どんな深夜も勤勉に働らきつづけ、こんな低い呟《つぶや》くような独り言で、それを証拠立てることを忘れないあの真白な四角い幽霊。生活必需品というものが、みんな幽霊のように、自分をとりまいているのをかすみは感じた。あの台所の磨き上げたステンレスの鍋《なべ》も、アルマイトの柄杓《ひしゃく》も、電《でん》気釜《きがま》も、壁にかけられた帚《ほうき》も。これが幸福な生活というものだろうか？

ソファベッドの固いクッションを蒲団《ふとん》の下に感じるほど、敏感になっているかすみの体は、少しも寒くはなく、頭ばかりカッカとして、枕を何度も引っくりかえしながら、一つの考えを追っていた。

景一の眠っている体は熱くて重く、それが少しでもこちらの体に触れると、まとまりかけていた考えをこわしてしまうような気がして、かすみは注意ぶかく景一の体を避けていた。しかし皮肉なことに、景一は寝返りを打って、彼女の顔のすぐそばへ、眠って荒く息づいている顔をもってきたりした。彼女は煖炉《だんろ》から顔をよけるように、顔をよけた。

『わかったわ。この人もようやくそれに気がつき、又忘れかけているのだけれど、この人の私に対する完全な安心と、私の完全な不安とが、尖鋭《せんえい》すぎるコントラストを作っていたのがいけなかったんだわ。どうしても景ちゃんに私と同等の不安を与えなければ、私の不安も治らないんだ。いいわ。景ちゃんが、私の不安が事実無根だと言い張るなら、私も景ちゃんに、事実無根の不安を与えて上げればいいんだわ。そうしたらはじめて私の気持がわかるでしょう。たとえ事実無根でも、不安というものがどんなに怖ろしいか知るでしょう』

こんなことを考えているときのかすみが、あんまり知的な怪物になりすぎ、女らしいやさしさをどこかに置き忘れてしまっていたことは、認めなければならない。あるさびしさが彼女の感情をカサカサにして、乾いた花のようにしてしまっていた。そして熱い潤いはひたすら嫉妬《しっと》に捧《ささ》げられ、嫉妬の中でだけ、彼女は十分女らしくやさしく、狂おしいほど景一を愛していた。

あくる日、何気ない顔をして、初出勤の景一を見送ると、明るい冬日のさし入るアパートに一人になったかすみは、すぐ鏡の前へ飛んで行って、自分が悪魔のような顔をしているかどうかためしてみた。しかしそこには少し蒼《あお》ざめた、悲しそうな顔が映っているきりだった。

かすみはひろいガラス窓や、バルコニイに通ずるガラスのドアの、カーテンをすっかりあけ放ち、部屋じゅうを湯のように冬の日光が潤おすのに任せた。いつもなら掃除をはじめる日課だが、それもやらず、一人でゆっくりと部屋の中を歩き廻《まわ》った。すると理由のわからない怒りが静かに湧いてきた。

『まるで私は明るい水槽の中の熱帯魚だわ。しかも誰も見る者のない……』

彼女は自分が「苦悩」という名札をつけた水槽の中にいる、そういう名前の、奇妙な、美しい、小さい、しなやかな珍種の魚のような感じがした。

『この生活をめちゃめちゃにしてしまえるものなら！　しかも誰の力も借りずに！』

かすみは身のまわりのものをスーツケースに詰め、化粧罎《びん》と歯刷子《はブラシ》を詰めるときに少し泣いた。

便箋《びんせん》の一枚をはぎとって、

「一寸《ちよつと》旅行へ行って来ます。行先は言えません。何も心配しないで下さい。気がすんだら帰って来ます。　かすみ」

と書いて、文鎮をのせて、目につきやすいテーブルの上に置いた。

このときかすみの脳裡《のうり》には、かつて景一に恋する契機になった東京駅の出会いがあざやかによみがえっていた。あの前に知恵子と話し合いながら、このまま二人でどこかへ行ってしまったら、どんなにみんなが大さわぎするだろう、などと想像しながら、昇って行った湘南《しょうなん》電車のホームへのひろい階段が、しらじらと頭の底に浮んでいた。あそこを一人で昇って行くのだ。そして電車に乗り込んで……。

それから先はよくわからなかった。しかし、父の考えていたような月並な幸福と反対の方向へ、自分の意志でまっしぐらに進んで来てしまった以上、その帰結は、こんなたった一人のあてどもない旅のほかにはないような気がした。それなら、これは強いられて出る旅ではなくて、あくまで彼女自身の選んだ旅だったのだ。

『私は他の不満な新妻のように、両親の家へ泣いて帰ったりは決してしないわ』と彼女は心の中で父に呼びかけていた。『お父様のところへは決して帰りませんよ。お父様の考えている幸福と、私の考えている幸福とは、絶対にちがうんですもの。私は私の考えた幸福の道を行くだけだわ』

そうして父にも書置を書こうとしたがやめた。かすみは、アパートの部屋に鍵《かぎ》をかけ、わりに持ち重りのするスーツケースをさげて、階段をコツコツ下りた。

東京駅へむかうタクシーの中で、ふいにかすみにヘンな霊感が湧いた。

『そうだわ。こんな手もあるんだわ。私が思わせぶりに旅行へ出かけたりするよりも、もっと手のこんだ陰険な方法もあるんだわ』

そう思った彼女は、

『東京駅へ行かないで、銀座で下ろして頂戴《ちょうだい》。一寸買物を思いついたの』

と運転手に言った。運転手は返事もしなかったが、顎《あご》で軽くうなずいた。

かすみの霊感は、実はその若い運転手の着ているウールのスポーツ・シャツの襟元の汚れから思いついたのである。わりにお洒落《しやれ》な運転手は、にんじん色のスウェーターを着ていたけれど、その下に着ている派手な格子縞《こうしじま》のスポーツ・シャツの襟は、永いこと洗濯もしていないと見えて、よれよれになって少し垢《あか》じみていた。

『いいこと思いついた！』とかすみは、頭が澄み切りすぎて、異常と平凡との境目のなくなっている気持で、心に呟いた。『男のスポーツ・シャツやネクタイを買って、そっと家のどこかへひそませておいて、景一さんが見つけるようにしておくんだわ。それをみんなうまく汚して。……これなら何日もかかって、ゆっくりたのしめる。はじめ景一さんがネクタイを見つけたときは、空《そら》っ惚《とぼ》けていよう。四、五日たって、丸めて洋服ダンスの中につっこんである汚れたスポーツ・シャツを、景一さんが見つけたときには、私は良心の苛責《かしやく》に堪えられないように、サッと顔色を変えてやるだけでいいんだわ。それだけのことで、あの人がどんなに苦しみだすか。……私はあくまで神秘的な顔をして、あの人に打たれるままになっていればいいんだ。あんなウソいつわりのやさしさでなくて、あの人は打つわ。きっと私のことを、失神するぐらいに打つんだわ。そのときこそ私の勝なんだ！』

銀座でタクシーを下りると、もう不要なものになったスーツケースが、俄《にわ》かに重く感じられるのは現金なものだった。

一月四日の銀座は、三個日《さんがにち》とちがって、すべてに平常を取り戻していたけれど、まだ開いていない店がいっぱいあった。かすみはそこをスーツケースをさげて歩く自分がたまらなくみじめな気がした。もし昔の学校友だちにでも会ったらどうしよう。かすみだって世間態《せけんてい》はつくろわなければならない。主人と待ち合わせて旅行に行くのよ。あら、どこ？　伊東《いとう》。いいわね。……でも友だちは何かを見抜くだろう。かすみの頰のかげりから、何かただならぬものを嗅《か》ぎ取るだろう。あくる日別の友だちに会うと、ねえ、きのうかすみに会ったわ。あんまり幸福そうに見えなかったわ。たった一人で、スーツケースをぶら下げて、お正月の銀座を歩いていたわ。あれ、家出したところじゃなかったかしら？

かすみは道ゆく人がみんなかすみに胡散《うさん》くさい眼差《まなざし》を投げてくるような気がした。

『あれ、きっと堅気《かたぎ》の女じゃないわね』

顔いろの蒼いのを隠すために頰紅を濃くしすぎたような気がして、コンパクトをのぞいてみたかったが、片手に重い荷物があってはどうにもならず、彼女は空いたほうの手で、神経質に何度も頰をこすった。

店々のショウ・ウインドウの、謹賀新年や賀正やハッピイ・ニュー・イヤアの赤いどぎつい文字は、彼女に自分の陥っている悲劇に対する世間の嘲笑《ちょうしょう》を感じさせた。度外れて大きいデパートの門松もそうだった。それはまるでかすみの悲しみの盛大なお祝いをしているかのようだった。

生憎《あいにく》男物の洋品店がどこもまだ休みで、

「一月七日より営業致します」

などと、そっけない貼紙を板戸にしてある店もあった。文句なくあけているのは飲食店だけで、野暮な和服を着た娘たちがお汁粉屋のショウケースをのぞいていた。

空の高みを電線を鳴らして冬のきびしい風が渡っていたが、町の日のあたっている側は暖かかった。流行おくれと知りながら、かすみはプリンセス・スタイルの青い外套《がいとう》を着ていた。これは景一の趣味だった。今そんな裾《すそ》の優雅にひらいた外套を着ている女は少なかったから、もし景一が歩いていたら、遠くからでも一目でかすみを見つけるだろう、とかすみは考えて、自分は一体何を考えているのだろうと自ら愕《おどろ》いた。

洋品店はどこがいいだろう。何か洒落た店で、いかにもダンディな青年が買うような店がいい。そのほうが、景一に敵愾心《てきがいしん》を起させるのに有効にちがいない。

彼女は探しあぐねて、荷物はますます持ち重りがし、どこでも行き当りばったりの店にとびこみたい心境になっていた。

そのとき、洒落た飾窓にシャツやスウェーターやネクタイを飾った一軒が目についた。それはいかにも、銀座好みの渋い飾窓で、商品をゴタゴタ積み重ねずに、くっきりした色の配合だけで季節感を出していた。

かすみはその店に入ろうとして思わず小さな店の看板を見た。木製の木札が入口に下げられ、それに金の字を彫り込んだのが、

「エル・ドラドオ」

と読まれた。

「いらっしゃいまし」

と中から呼びかける女店員の声がした。見るとそれは浅子である。かすみは悪夢を見ているような気持で立ちすくんだ。しかしもう逃げ出すわけには行かなかった。浅子は女店員の上っぱりを着ていず、厚い葡萄《ぶどう》いろの生地《きじ》のスーツをなかなか粋に着こなしていた。

「あら、沢井さんの奥様じゃないの。新年おめでとうございます」

と陽気に頭を下げて、飾棚のむこうからこちらへ出て来てしまった。

「御旅行なの？　いいわね。重いでしょう。その棚にお置きしましょう」

あの自殺未遂の女と同一人とは思えない朗らかな浅子に、かすみはただ呆気《あっけ》にとられた。そしてこの店でそんな買物をすることの不都合に気づきながらも、引きず

られて、いつのまにか品物を選《よ》っていた。

「このシャツですか？」

と浅子は赤と黒の縦縞の派手なシャツを出した。値段は相当高かったが、一昨日父からもらった小遣があるので、平気だった。

「いい柄ですけど、旦那《だんな》様の趣味じゃないわ」

かすみはこれをきいて頭に来て、

「いいのよ。そんなこと」

と鋭い声できめつけた。しかし浅子は少しもたじろがず、あくまで景一用のシャツだと決め込んでいるらしかった。

「サイズはこれ、ラージですわ。旦那様ならミディアムでないと……。ミディアムの同じ柄をお探ししましょうか」

この侮辱的言辞で、かすみは何のためにこんなシャツを買っているのか、目的も忘れるほど激怒して、一刻も早く、それを包むように高飛車に命令するほかに逃げ場所がなかった。かすみの声はほとんど悲鳴のようになった。

「いいのよ！　それ包んで頂戴！」

他の男店員がびっくりしてこちらを見ていた。しかし浅子は少しも意に介さぬ態度で、

「畏《かしこま》りました。四千五百円いただきますわ。他に何か？」

「いいの。それだけで」

かすみは頭がカッカとして、ネクタイなどを選んでいる余裕がなかった。その俗悪な赤と黒の縦縞のシャツを持って逃げ出せばそれでよかった。しかしそのおかげでかすみの架空の恋人は、とんだ悪趣味の人物になってしまった。

ゴム皿に釣銭を持って来て、紙包を渡すと、浅子は、葡萄いろのスーツの胸をそらせて、

「ありがとうございます」

と高声《たかごえ》で言ってから、逃げ腰のかすみの外套の袖口《そでぐち》をつかんで、いかにも十年ごしの友だちに言うような親しみのある調子でささやいた。

「ねえ、奥さま、この間のお詫《わ》びにお茶ぐらいおごらせて下さらない？」

これがあんまり誠意をこめて言われたので、思わずかすみも、

「だって、あなた、お店がお忙しいんでしょう」

と話のペースに引き込まれてしまった。

「いいのよ。きょう遅番なんだけど、早くから遊びに来てたの。だって今月からお店があいてるでしょう。お年賀かたがた、やっぱり来たくなるわ。だから上っぱりも着ていないのよ。ねえ、いいでしょう、お茶ぐらい」

そう言うと、浅子はすでにかすみのスーツケースを持って先に立っていた。

かすみはすっかり呑《の》まれた感じになって、却《かえ》って好奇心の虜《とりこ》になった。車の往来の少ない並木通りをわたりながら、

「あなたって何だか生き返ったみたいにお元気ね」

と多少の皮肉をこめて言うだけの余裕が出て来た。

「ええ、私、生き返ったのよ。そのお話もしたいのよ」

渡りおわった浅子は、さっさとすぐ前の喫茶店のドアを押した。

奥のボックスに落ちつくと、浅子は女給仕に、

「私、コーヒー。奥さま、何あがる？」

とちょっと小首をかしげて微笑して訊《き》いた顔つきは、立派な銀座の姐御《あねご》然として、かすみは何だか、別れ別れに育った姉にそうきかれているような気がしたくらいである。とにかく頭をハッキリさせるものがほしかったので、

「ええ、コーヒーいただくわ」

「あら、気が合うわね」

と浅子はあくまで上機嫌で、そそくさと煙草をとり出し、ごく細身のライターで火をつけて、おいしそうに煙を吹き出した。これがあれほど自分を悩ました女かと

思うと、かすみには信じられなくなり、いかにもわけ知りの味方を得た感じのするのが、今の孤独の反動にすぎないにしても、浅子の明るい挙止は、頭からかすみの警戒心をほどかせる力を持っていた。

「あれからのことを話す義務があると思うわ。奥さまには本当に迷惑かけちゃったから。お詫びの手紙でも出せばよかったんだけど、それも照れくさいしさ。今日会えて本当によかったわ」

「どうなすったの、あれから？　とても心配したわ」

「いい方ね、奥さま、本当にいい方。私、第一印象でそう思ったわ」

こんなお世辞にかすみは又気を悪くして、運ばれてきたコーヒーに砂糖を沢山入れすぎてしまった。

「それより、そのあとのことときかせて頂戴《ちょうだい》」

「ええ、話すわ」と浅子は男のように、咽喉元《のどもと》をゴクゴク言わせながら、コーヒーを大ぶりに呑んだ。

「あのときね、私の正直な気持を言うと、こりゃもうおしまいだと思ったの。あれまでけんめいに景ちゃんの居所を探していたときは、私、体一つで乗り込んで行ったら、奥さんなんか追い出してやるって勢いだったの。あら、御免なさいね。でもこれ本当の気持よ。

でも、やっと探し当てて、あそこへ入って行って、景ちゃんのお帰りを待っていたあいだ、だんだん敗北感が身にしみて来たんだわ。それから景ちゃんが帰って来てからの、あなた方の気の合ったやりとり。もうこれでおしまいだとはっきりわかったの。第一景ちゃんの顔をあそこで見たとき、もうはっきり他人の顔で、私の入ってゆく余地は全然なかったわ。今までのあの生命《いのち》をかけた気持の結末がこれだと思うと、私、たまらない気持だった。ねえ、子供の玩具《おもちゃ》で、小さなきれいなお家《うち》の模型があるでしょう。その中にかわいい夫婦の人形があるでしょう。あれを見たような気持だった。どんなことをしたって、自分はそこへは入ってゆけないんだもの」

きいているうちに、かすみも、だんだんしんみりして来て話に引き込まれた。言葉は品がないが、浅子の話しぶりには、疑いようのない真率さがあった。煙草を一寸《ちょっと》吹かして、いそがしく煙を払ったり、煙草を持ちかえたりする仕草も、技巧的ではなくて、彼女の話の一生けんめいな感じを強めていた。

「そこで私、死ぬんなら今だと思っちゃったのよ。ばかだわね。でも、それが引止められて、ぶざまな姿をさらして、一人でアパートを出て来たとき、うすら寒い晩だったわね、でも泣きながら風にさからって歩いてゆくと、急に自分でもわけのわからない焔《ほのお》みたいな勇気が体に湧いて来たの。この気持、一寸説明してもわからないと思う。自分の身になってみなくちゃ、わからないわ。

私、急に生きたくなった。強くなった。メソメソするばかりが能じゃない。この向い風に顔を向けて、思い切って人生をやり直すんだ、っていう勇気が湧いて来たの。そうしたら、ふしぎじゃなくて？　今まであれほど頭をいっぱいにしていた景ちゃんのことが、急にすっと跡形もなく消えて行ったんだわ。あの晩、自分のアパートにかえって、私一人で笑いころげたわ。笑って笑って笑いころげたの。隣りの部屋の人はきっと気が違ったと思ったでしょうね。そうして、あんまり笑うと涙が出るでしょう。涙が出ると、あくびも出てくる。……どうでしょう、そのまま私、十五時間もぶっつづけに眠っちゃったの。今思い出しても可笑《おか》しいわ」

と浅子は実に朗らかに笑ったが、かすみは一緒に笑うことができなかった。その笑いに、何だか今までかすみの知らなかった或《あ》る厳粛なものを感じたのである。

「それからよ、私、忽《たちま》ち、或る建築技師の人と恋愛して、もうじき結婚することになってるの。この暮に、その人と一緒に信州のお国へ行って、御両親の許可ももらって来たわ。わずか一ト月足らずで、すごい早業でしょう。でも、それ、決してヤケッパチやなんかじゃなくて、裸かになって生れ変った私が、滝を浴びたように新鮮な恋愛をしたんだわ。その人、私、地球と引きかえにできるほど好きなのよ。写真を見てね」

と浅子は、ハンドバッグから小さな写真を出して、かすみに示した。なかなかハンサムな、しかし平凡な青年の顔が写っていたが、景一と少しも似ていないのが、かすみにとっては救いである。

「おめでとう。よかったわね」

かすみもすっかり心が融けて、もちろん利己的な安心感もあるが、それ以上の温かい気持で、写真を浅子の手に返した。浅子は窓あかりでもう一度ゆっくり写真を見てから、しまった。

かすみをこの時襲った気持は何と名付けるべきだろうか。友情でも、同情でもない、何か人間同士が見栄《みえ》も何もなしに触れ合ったという感動から、思わず言葉が口をついて出たのである。

「ねえ、浅子さん、私のこのスーツケース、ただの旅行だと思って？」

「え？」

浅子は怪訝《けげん》な目をあげた。

「私の話もきいて下さる？」

「ええ、どうぞ、いくらでも御相談に乗るわ」

そう言う浅子の声は、すでに何事かを予感しているようにきこえた。

かすみは吃《ども》り吃り、今朝からの書置のいきさつと、スポーツ・シャツの企らみのことを話した。そこまで追いつめられた経緯も、飾りけなく話してしまった。

はじめの吃りはいつか流れるような言葉に変って、どうしてかすみは、こんな内心の秘密を、かつて恋敵だった女の前にすらすらと打明けられるのかふしぎだった。

彼女は知的な誇りもこだわりもなくして、今までになく謙虚になっている自分を感じていた。かつてない感想だったが、こうして情ない打明け話をしている自分が、愚かな無力な子供に思われた。

ききおわった浅子は、じっとかすみの目をみつめた。

「あなたにもそんな苦労があったのね。あの日、まるで幸福の小鳥みたいに見えたあなたにも。わかるわ。……人間って、みんな苦労するようにできているのね。でも、かすみさん（かすみさんって呼ばせてね）、私、苦労はどんな苦労でも尊敬するわ。あなたみたいに、自分でわざわざ作り出した小説みたいな苦労でも尊敬するわ。

でもあなたは、その苦労との附合い方がまちがってるのよ。気取って、内攻して、インテリの誇りで自分を抑えて、まわりの罪のない人たちをみんな疑ってかかって、（御免なさい。はっきり言わせてもらうわよ）、……そのあげくにあなたの考えたことは、家出の書置と悪趣味なスポーツ・シャツ、それだけじゃないの。

あなたはお嬢さんだわ。本当に困ったお嬢さん。私の妹だったら、お尻《しり》にお灸《きゅう》をすえてやるわ。

どうしてあなたは叫ばないの？　泣かないの？　吼《ほ》えないの？　思い切って、景ちゃんの顔にオムレツでもぶっつけてやらないの？　花瓶を叩《たた》き割らないの？　お宅の硝子窓《ガラスまど》だって、ずいぶん割り甲斐《がい》があるじゃない？　あなたのヤキモチは小細工ばかりで醜いわ。そんなの、ほんとに女の滓《かす》だわ」

そう言われても、かすみは少しも腹が立たないのがふしぎだった。彼女はぼうーっと目を見ひらいて、この情熱家の女を眺めていた。すると目が疲れてきて、浅子の白い顔がそのまま金いろの靄《もや》にふちどられているように見えた。

「いいこと？　私の言うことをよくきいてね。あなたの考えたことはみんな妄想ですわ。

第一に、景ちゃんは結婚以来、浮気一つしていません。あれはもう浮気なんかできる顔じゃありません。顔じゅうにあなたの写真が貼りつけてある顔なんだわ。

第二に、あなたのお嫂《ねえ》さんも潔白です。話をきいただけで間違いがないわ。お嫂さんは今後もあなたの大事な味方で、そんないい人を疑ってはすまないわ。

第三に、知恵子さんにもすぐ和解を申し込みなさい。つまらないことを言ったあなたが悪いのよ。知恵子さんは売り言葉に買い言葉であなたをおどかしただけですわ。

第四に、景ちゃんには、もうオドオドしないで、そろそろ上手《うわて》に出てやる必要がありそうね。あなたの可愛らしいお顔を見ていると、ちゃんと旦那《だんな》様をお尻に敷く相が出ていてよ。埋もれた才能を早く活用しないと、手おくれになりますわ。きょうはすぐお宅へかえって、書置をいそいで焼いて、晩のおいしい御馳走《ごちそう》のお献立を考えるべきだわ。そして旦那様がかえって来たら、しゃにむに愛してしまいなさい。溺《おぼ》れて、甘えて、めちゃくちゃに、自分がクラゲにでもなった気持で、骨なんかみなどこかへ抜いてしまって、グニャグニャになって愛してしまいなさい。私の言うことはそれだけだわ。人のこととなると、これで私、なかなかちゃんとした処方箋《しょほうせん》が書けるんだから。そうして、そのスポーツ・シャツは……」

浅子は立上って、かすみのそばの紙包みへ手をのばした。

そのときの浅子の葡萄《ぶどう》いろの胸は自信にみちあふれ、何か立派な彫像のように見え、かすみはその前の自分を、ヤワな張子細工のように感じた。かすみが今まで大さわぎをして人生だと信じ込んでいたものは、浅子の前へ出ると、人生のこわれやすい模型にすぎなかった。浅子はあのバルコニィへ飛び出して行って投身自殺をしようとしたときの迫力を、今の陽気な上機嫌の底にも、見事に折り畳んでいた。それこそこの女の本然の翼だった。かすみもそういう翼を今こそ持たなければならぬと思った。浅子の葡萄いろのスーツの下に、その強い逞《たく》ましい翼は、死へ向っても生へ向っても、彼女を力強く羽搏《はばた》かせる力を、外からもそれとわかるほど、ありありとひそめていた。……

「そのスポーツ・シャツは」と、浅子は紙包みをさっと取り上げながら、「店へ私が返して上げるわ。お金はお返ししますから」

「あら、いいのよ」

「何がいいのよ。店では、キズ物をお売りしたときは、代金はお返しすることになっておりますから」

浅子は笑って、紙包みを小脇にかかえて、レヂのほうへ歩いた。

かすみはスーツケースを持ち上げてあとに従った。するとスーツケースの重みは、急に言いようもなく嘘ッ八の、滑稽《こっけい》な重みに変ったような気がして、家へかえってあけてみたら、中は石ころだけになっているのではないかと思われた。

30

一太郎は幸福だった。彼はかよりと一緒に、壁にかけた大きなカレンダーのずっと先のほうまで、いろいろと愉《たの》しみの予定を書きつける趣味があった。

二月末の雪もよいの或る晩、夫婦は炬燵《こたつ》に当って、さっきかかって来た電話の昂《こう》奮《ふん》がさめやらぬまま、二人で赤葡萄酒の祝盃《しゅくはい》をあげていた。

「カレンダーを外しなさい」

と一太郎は言った。

「それから赤鉛筆をとっておくれ」

彼は炬燵の上で、一枚一枚丹念に、大きなカレンダーをめくった。そのためには炬燵のむこう側まで腕をひろげなければならなかった。

「茂の満一歳のお誕生日が十一月十日だな。ここにしるしをつけておこう」

と一太郎は言って大きな赤い丸をそこにつけた。

「それから、さっきの電話の件はどこへつけよう」

「お気が早うございますね。まだはっきりした日なんかわかりますまい」

「予定日はどのへんだい」

「最初のお産は、どうしても予定日よりおくれますからね」

かよりはいつもながらの冷静な顔つきで、ごくゆっくりカレンダーをめくって、九月のところをあけ、

「このへんでございましょうか。末ごろでしょうね」

と言った。

一太郎の赤鉛筆はしばらく迷っていたが、ついに九月の七曜いっぱいに赤丸をつけ、

「かすみの子供このころ誕生」

と注記をつけた。

「まあ、みっともない。お客様がごらんになったらどうなさるの」

「いいさ。……しかし、かすみも本当に幸福な結婚をしたね。あれは実に幸福な夫婦だ」

と一太郎が言った。

「そうでございますね」

とかよりが言った。


本書は、『決定版　三島由紀夫全集』（新潮社）を底本とし、現代仮名遣いに改めました。

本文中には、「盲ら」「きちがい（気ちがい、気違い）」「ビッコ」「人非人」等、今日の人権擁護の見地に照らして、不適切と思われる表現がありますが、著者自身に差別的意図はなく、また、著者が故人であること、作品自体の文学性・芸術性を考え合わせ、原文のままとしました。

（編集部）

解説

市川真人

ちょっと三島由紀夫と遠い話から始めます。現代の「小説」の話です。といっても、東野圭吾や高村薫といった流行作家の作品についてではなく、もうちょっと堅くて芸術性や思弁に重きを置くがそのぶん敷居が高いとのニュアンスで、「純文学」と呼ばれている種類の小説について、具体的には平野啓一郎という若手作家の話です。

三島由紀夫の文庫解説なのにぜんぜん三島に関係ないじゃん、とツッコんだひともいるかもしれません。けれど案外そうでもなく、平野啓一郎は一九九八年、「三島由紀夫の再来」と言われて登場した作家です。京大の法学部在学中のデビューが経歴的に、硬質で美文調な文章が作品面で、それぞれ三島を想起させたのでしょうし、二〇〇八年からは三島由紀夫賞の選考委員を務めてもいますから、実際、浅からぬ縁があるとも言えます。

その平野啓一郎が二〇〇九年に発表した『ドーン』という小説は、近未来を舞台に、人類で初めて火星を訪れた宇宙飛行士たちとそこで生じた火星初の「殺人」、背後に蠢《うごめ》くアメリカ大統領選挙……といった筋立てなのですが、話題になったのは、初期には中世フランスや明治日本、十九世紀パリを舞台に幻想的な長編を書いた若手作家が、前作『決壊』

から二作続けて、比較的平易な文体で、ミステリーやSF・政治小説的な趣の作品を書いたことでした。そうしてそれは同時期に、文体や物語性などいくつかの側面でリーダビリティ（読みやすさ）を上げることを試みた、同世代の川上未映子（『ヘヴン』）や中村文則（『掏摸《スリ》』）の仕事とともに、「純文学若手作品の、エンターテインメント化」といった文脈でしばしば語られもしています。それが具体的に彼らの作品のどんな変化を指したのか、そもそもそのような名指しが適切かを論じることは、三島由紀夫の文庫解説の域を逸脱しすぎるので避けますが、ここで注目したいのは、「エンターテインメント」とそうでない「文学」――本解説の冒頭で「『純文学』と呼ばれている」と書いたもの――との分割が、この国の近代小説（明治以降の、言文一致といって日用の語で書かれた小説）にはあるとされてきて、いまもなおそれがどこか共有されていることです。

そんな話題から本解説を始めたのは、本作「お嬢さん」が収録された最初の三島由紀夫全集（第十二巻）の解題に、次のような一文を見つけたからです。いわく、「本巻は、昭和三十一年一月から昭和三十七年十二月までに発表された長・短篇小説のうち、エンターテイメント六篇を、ほぼ年代順におさめたものである」と。

「お嬢さん」は一九六〇（昭和三十五）年、講談社の雑誌「若い女性」に連載されましたが、同じ時期に三島由紀夫は「宴《うたげ》のあと」という長編小説も雑誌「中央公論」で連載していました。都知事選挙に出馬したもと外相と料亭の経営者でもある妻が愛情を行き違わせながら選挙を戦い敗れ、結婚も破綻《はたん》する姿を描いた「宴のあと」は、ストーリーだけから言えば「お嬢さん」以上にエンターテイニングです。同作はモデルとされる人物が作者と出版社を訴えたのですが（「宴のあと」事件）、「原告がモデルであることを読者に意識させながら空想あるいは想像によつ《ママ》て原告の私生活を「のぞき見」するような描写」だとした原告側の主張も、作品の構造自体が読者の「のぞき見」欲望を満足させる＝エンターテインする側面を持つと捉《とら》えていたわけです。

にもかかわらず、一方は少女小説的なエンターテインメントとして、他方は後世に残る文学作品として語られる。その理由のひとつには、三島と個人的な親交の深かったアメリカの批評家ドナルド・キーンがフォルメントール賞の選考会で激賞したなど、「宴のあと」の海外評価の高さもあったでしょうし、結婚をめぐるうぶな女子大生の心の揺れを描いた「お嬢さん」と、政治や金銭に翻弄《ほんろう》されつつ遅く短い結婚生活を過ごし別離に至った老夫婦を描く「宴のあと」とでは、そもそも描きうる心理の幅や深みが違う、と言うこともできるでしょう。両作品の結末を比較しても、恋敵だった「浅子」が主人公夫婦の危機には救世主のように登場し「本当に困ったお嬢さん。私の妹だったら、お尻にお灸をすえてやるわ。／どうしてあなたは叫ばないの？　泣かないの？（…）旦那様がかえって来たら、しゃにむに愛してしまいなさい。溺れて、甘えて、めちゃくちゃに、自分がクラゲにでもなった気持で、骨なんかみなどこかへ抜いてしまって、グニャグニャになって愛してしまいなさい」とあまりに楽天的な助言を与えてハッピーエンドへと導く「お嬢さん」と、主人公「かづ」との「友情でもなければ、まして恋愛でもない、二人の人間の間のわがまま な関係で、山崎は無限に恕《ゆる》すことで、自分の客観性を保持してきた」選挙参謀「山崎」が、夫との離婚を終えて料亭の女将《おかみ》に戻る彼女に向け、「選挙があらゆる贋ものの幸福を打ち砕き、野口氏もあなたも、裸の人間を見せあうことになったという点で、本当の意味で、不幸であったと言えないかもしれません。（…）忘れてよいものを忘れさせ、見失ってよいものを見失わせる、一種の無機的な陶酔をわれわれに及ぼすのです」と記す手紙で結ばれる「宴のあと」とでは、私たちの読後に残すわりきれなさ、その作品とそこで書かれていたことについて読後も考え続けさせる熱量が、まるで違っているのはたしかです。

もちろんそこに、読者の層や年齢・経験を書き手の側が（勝手に）想定していった、ある種の手加減《アジャストメント》を見出《みいだ》すことは容易です。ファッション（たとえば「BG1年生の服装プラン：4月の通勤着と街着」なんて特集が組まれていました。BGはビジネスガールのことです）や、趣味（「ex.スキー用具は上手に買わないと損」）、料理（「ex.揚げながら楽しむてんぷらパーティー」）を愉《たの》しむ読者に向けて作られた「若い女性」に、当時「文藝春秋」と並んで日本有数の総合雑誌であった「中央公論」と同じ温度の小説を書いても仕方がないと考えることは無理なきことかもしれません（たとえば今日ライトノベルやYA《ヤングアダルト》等のジャンルに分類される小説が、素材の面でも登場人物の心理でも、ある年代までの経験や関心事を前提として書かれて見えるのと同じことです）。植民地政策を進めて極東まで進出してきた欧米列強に対処するべく、近代化と西洋化を進めた明治日本の啓蒙《けいもう》手段として始まったのがこの国の近代文学だったことを考えれば（詳しく知りたいひとは、柄谷行人『日本近代文学の起源』や大塚英志『サブカルチャー文学論』や東浩紀『ゲーム的リアリズムの誕生』などを読んでみてください）、広範に啓蒙的だったり思弁的だったりする「（純）文学」作品に対し、読者層や素材を限定してその「読者を愉しませる」のを前面に押し出して書かれた小説が、「エンターテインメント（かつては通俗小説や娯楽小説、大衆小説などと蔑《さげす》んでも呼ばれました）」と名指されたのも、仕方のないことだったと言えるでしょう。

しかし、それはただ本当に、娯楽的なだけだったでしょうか。そんな疑問への、現代にも通じる答えのひとつを、本作をふくめた「三島由紀夫」には見出すことができます。「お嬢さん」はたしかにさまざまな限定下で書かれた作品かもしれませんし、婿候補を父親がこっそり自分の部下から選んで遊びに来させる設定は、現代からは遠く隔たって見えるでしょう（そもそも、家でダンス・パーティーをする取締役という設定は、当時だっていかにも戯画めいて見えたはずです）。けれども、主人公「かすみ」の結婚前に見せる小悪魔的な奔放さの魅力とそのじつ男性を知らぬがゆえの小心が結婚を境に弱さへと変化し、悪戯《いたずら》心で始めたはずの創作日記の記述によって疑心暗鬼に陥ってゆく様相や（そこには、作品内フィクションを読んだ登場人物が自身の存在に影響を及ぼすという、現代でも行われるメタ・フィクションの試みを見ることもできます）、そうした移行に伴って登場人物同士の役割が鮮やかに入れ代わってゆく鏡像的な物語構造は、単なる娯楽小説には納まりきらない「お嬢さん」の姿も垣間《かいま》見せますし、一歩進めばそのことは、そもそもすべての小説はなんらかのカタチで読者を「エンターテイン」するのだという、シンプルな出発点を思い出させもします。たとえばプルースト『失われた時を求めて』のように難解に見える小説も、懸命に解読しようとする読者には、愉楽＝エンターテインメントの作品に違いありません。それと同様に、「お嬢さん」と「宴のあと」さらには「豊饒《ほうじょう》の海」四部作に至る三島由紀夫の幅広い作風もまた、すべての小説がエンターテインメントであると示すとともに、読みながらあるいは読み終えたあと作品を端緒にさまざまな事象や真理について想像力と思考を膨らませるならば、すべての小説は思弁的でもありうるのだ、ということをも示してくれます。よしんば「お嬢さん」に紋切型の女子像しか感じられなかったとしても、ならば「豊饒の海」を書きもする三島がなぜわざわざそんな女子像を書いたか、について飽かず考え続けることはできるわけで、そこから読者の読書経験が成長してゆくことにもつながるでしょう。

日本の近代小説は、先にも少し記した成立要因と初期の経過から、マス・メディアでありつつ高踏的でもある矛盾した性格を内包し、それゆえ「純文学」と「大衆文学」の区分も生じてきましたし、それぞれの書き手ごとにどちらかに振り分けられるような幻想を構築してきもしました。書き手自身もまた、そうした前提を無意識に持ち、自作をそれぞれの枠に嵌《は》めてきたように見えます（文学は芸術だと規定すれば人々の無理解を無視できますし、逆に大衆的に読まれることに自足すれば、類型的な心理や人物造形、ありふれた構造で物語を進めることに疑いを持たなくもなるでしょう。ライトノベルやYAが陥りがちな退屈さも、そうしたあらかじめの枠に全体が納まるがゆえにほかなりません）。

その傾向は、「物語表現」の方法が映画やドラマ、コミックやアニメ、ゲームと多様化したのに加え、コンピュータ・テクノロジーとネットワークの伸長で「誰もが作り手であり消費者たりうる」現在、見過ごすことのできない危うさを抱えてもいます。ここでは短くしか書けませんが、ジャンルが多様化すると同時に個々人がメディアの圏域でも主体化し発信者となることは、目に届きやすい対象にばかり関心を持ちやすくなることにもつながります。自分にとって心地よい対象や難易度の作品を消費し、ちょっとした背伸びをする機会やその先の成長が失われうる未来。いかにも幼さを残したまま大人になってしまう傾向はすべてのジャンルに見られます（続編ばかりが消費されるゲームや映画、コミック等の傾向も、そのことと無縁ではありません）。

小説に限って言えばそれは、近代化のひとしく達成された先に訪れる必然的なフラットさだったとも言えますが（かつてのような、ある種の小説に特権的な優越性が保証されている時期の方が特異だったと、ようやく気づかれ始めたのかもしれません）、冒頭に記した若い書き手たちの変身は、そうした変化が持つ危うさにいちはやく気づき、どうやって自分たちの作品の本質に、そして言葉と小説が持ちうるいちばんの可能性まで、現代の読者を導いてゆくかの試みでもあるはずです。

　しかしそれは初めてのことでなく、思えば初期には夏目漱石や森鷗外、後には芥川龍之介や川端康成ら、作風の広い作家たちが過去にいて、そんな彼らの存在は、「純文学」か「エンターテインメント」かといった二項対立を軽々と乗り越えていたのでした。三島由紀夫もまた、そんな書き手のひとりです。エンターテインメント色の強い「お嬢さん」を最初に手にしたひとが、作者名をタグに「宴のあと」や「豊饒の海」四部作に至ることができる――そう考えれば、右のような二十一世紀のはじめに、これまで見過ごされかけていた三島由紀夫のエンターテインメント色の強い路線の作品たちが続けて角川文庫化されたことは、きわめて時代的な必然だったのだといずれ感じられるときが来るかもしれません。自決からちょうど四十年後のいま、もしも三島が八十五歳でなお現役であったなら、どこまで作風を拡げていただろうか……主人公「かすみ」の想像力と競うように、そんなことにまで想像を拡げてみるのも、この「お嬢さん」の愉しみ《エンターテインメント》のひとつかもしれません。

角川文庫発刊に際して

角川源義

第二次世界大戦の敗北は、軍事力の敗北であった以上に、私たちの若い文化力の敗退であった。私たちの文化が戦争に対して如何に無力であり、単なるあだ花に過ぎなかったかを、私たちは身を以て体験し痛感した。西洋近代文化の摂取にとって、明治以後八十年の歳月は決して短かすぎたとは言えない。にもかかわらず、近代文化の伝統を確立し、自由な批判と柔軟な良識に富む文化層として自らを形成することに私たちは失敗して来た。そしてこれは、各層への文化の普及滲透を任務とする出版人の責任でもあった。

一九四五年以来、私たちは再び振出しに戻り、第一歩から踏み出すことを余儀なくされた。これは大きな不幸ではあるが、反面、これまでの混沌・未熟・歪曲の中にあった我が国の文化に秩序と確たる基礎を齎らすためには絶好の機会でもある。角川書店は、このような祖国の文化的危機にあたり、微力をも顧みず再建の礎石たるべき抱負と決意とをもって出発したが、ここに創立以来の念願を果すべく角川文庫を発刊する。これまで刊行されたあらゆる全集叢書文庫類の長所と短所とを検討し、古今東西の不朽の典籍を、良心的編集のもとに、廉価に、そして書架にふさわしい美本として、多くのひとびとに提供しようとする。しかし私たちは徒らに百科全書的な知識のジレッタントを作ることを目的とせず、あくまで祖国の文化に秩序と再建への道を示し、この文庫を角川書店の栄ある事業として、今後永久に継続発展せしめ、学芸と教養との殿堂として大成せんことを期したい。多くの読書子の愛情ある忠言と支持とによって、この希望と抱負とを完遂せしめられんことを願う。

一九四九年五月三日

お嬢《じょう》さん

三島由紀夫《みしまゆきお》

平成22年 4月25日　初版発行
令和7年 1月15日　29版発行

発行者●山下直久

発行●株式会社KADOKAWA
〒102-8177　東京都千代田区富士見2-13-3
電話　0570-002-301（ナビダイヤル）

角川文庫 16240

印刷所●株式会社KADOKAWA
製本所●株式会社KADOKAWA

表紙画●和田三造

ISBN978-4-04-121214-1　C0193

◆◇◇